異聞風土記

1975-2017

尹雄大

晶文社

装丁・レイアウト　矢萩多聞

はじめに

幼い頃、書棚にささっていた『出雲国風土記《いずものくにふどき》』が気になって仕方なかった。

じっと見れば出雲国と風土記という言葉に分かれるらしいと理解しても、ひとつひとつの字の主張がひどく強く感じられ、油断するとそれぞれが別々に目に飛び込んで来た。表題を見ている自分もまた、まとまりを持たなくなるように思われて、直視し難いところがあった。

字が表そうとしている「念」めいた何かが頭の中で巡り始めると、それはびゅうびゅうと風が吹くような音を立てた。慌てて背伸びして、本を手に取って開いて見る。すると音は止むのだが、読み進めたところで幼い私には書いてあることがまるでわからない。そしてまた元に戻しては数日経って頁《ページ》をめくる。それを繰り返していた。

そうした反復を幾度となく続ける中で、文字のたたえる表情が何とはなしに伝わってきたのか。出雲の山川草木の光景が浮かぶようになった。国柄を記した書なのだと知ったのは後のことだ。

書物を眺める内に像を結んだ出雲は、今はもう失われ、誰の記憶にもとどまってはいない。

けれども連綿とそこに宿り続けている何かがあるのだと思っていた。風が吹くのを止めたことも、土が絶えたこともない。今感じる風土はかつてとは違うにせよ、そこに突然現れたわけではない。変化しながらもずっとそこにあり続けた。

土地とそこで暮らした人たちの記憶の折り重なり。今はもう去っていったものたちの声や息遣いをそれぞれの土地は微《かす》かであっても伝えているのではないか。

銅鑼《どら》や鉦《かね》を叩くような調子で国振りを大仰に語る人たちが徘徊している。馴れ馴れしい顔つきでこちらにやって来る。だから私はそっぽを向いてやり過ごす。けれども、この列島での時の流れがどこから始まり、どこへ続いているかには関心がある。

歴史を整然と語る様は、だんだんと道が均《なら》されていくにも似ている。しかし、よく見れば小さな亀裂は走り、いくぶん隆起もしている。そこに時間の積み重ねが口籠る様子を見る。栄えている都市に比べれば、ほつれた暮らしぶりが目立つ町だとしても、現に息をして生きている人がいる。

そこでしか語られない言葉があり、そこに吹き渡る風がある。

風土を記すとは、表に現れないところを感じることではないか。

――そんな想像を手掛かりに私が暮らした、歩いた土地について記してみたい。

もくじ

第一章
神戸編

神戸、一九七五年

一九七五年初夏、私は母と共に阪神電鉄の御影駅で三宮行きの特急電車を待っていた。月に一度、連れ立って向かう先は、今は沖合いの人工島ポートアイランドに移転した中央市民病院だ。母は全身性エリテマトーデスという難病を患っていた。早々長くは生きられないと本人も悟っていたようだ。

三〇度もあれば猛暑と言われた時代だった。母子揃って紫外線に弱く、次第に影も濃くなる季節の到来に憂鬱という言葉を被せることも五歳の私はまだ知らなかった。ただ日を追って加わる体のだるさに、白茶けた日差しが引き連れてきた夏とはそういうものだという合点をしていたように思う。

　電車は軋みながらホームに滑り込む。クリームと赤に塗られた車体は平面に見えても、外板には波打った歪みが見られた。板金の打ち出しによる作りのせいか。それとも風雨による経年劣化のせいか。無機質な工業製品でありながら、歪みはどことなく人手を介したものづくりの味わいを感じさせはしたものの、五歳の私はそこにぬくもりを見出す感性に乏しかった。かえって人間の手になるものの定め、滅びの徴を認めてしまうのだ。あらゆるところに潰《つい》えと綻《ほころ》びの前兆を見出す癖を私は早々に身につけていた。

　母に対しても、握った手の感触の心もとなさについ手を離したくなってしまう。そんな気持ちを見透かされないように、ホームと電車の隙間の広さを怖がる態でつないだ手にぎゅっと力を入れ、身を車内に滑り込ませた。

　発車ベルは乗客をそう急かす時代ではなかった。

　ベンチに座りスポーツ新聞を読んでいた男は足元に痰を吐くとおもむろに立ち上がり、こちらに向かってきた。妙にてかてかと光る「餃子靴」を履き、ねずみ色した丈の短いスラックスの裾からは臑毛《すねげ》が顔を覗かせていた。男を車内に引き入れ、電車は走り始めた。

　天井に据えられた扇風機は、滑らかとは言い難い動きで首をめぐらせ、生ぬるい風を送っていた。冷房が完全に普及されたのはいつのことだったか思い出せない。代わりにはっきりと覚えているのは、車内で煙草を喫《の》むのは当たり前で、灰皿が備えつけてあったこと。そして衆人の中、母親が胸をはだけ、赤ん坊に乳を含ませる光景もごく普通に見られたことだ。

どういうふうに煙草を吸っていたか。乳を吸う赤ん坊の表情はどうだったかと目にした出来事のひとつひとつに焦点を合わせ細かく思い起こそうとすると、脳裡に浮かぶ像はたちまち曖昧になる。一方、記憶に向ける角度を俯瞰にすると解像度は下がっても、鮮やかに蘇るのは「餃子靴」の男を筆頭に、乗客らの服装の独特の色使いと車内の人いきれ。そして鉄錆を含む酸い匂いだ。

ニッカボッカを履いた、赤銅色した肌の鳶《とび》や、阪神タイガースの帽子を被り、カップ酒を片手に賑やかにひとりしゃべる人、原色の重ね着やアニマルプリントを施した服を着る女性は、阪神電車にこそ似つかわしい。マルーンと呼ばれる落ち着いた塗色の阪急電車ではあまり見かけない。

神戸は南北は狭く、海と山の間が三キロに満たないところもある。電車は東西に走っており北から阪急、国鉄（現ＪＲ）、阪神の順に敷かれている。沿線はそのまま所得の差となり、山手の阪急と海側の阪神とでは住人の色合いはまるで異なった。

当時、私たち一家の住まいは進学校で有名な灘高校に近い、山と海の中間に位置する魚崎北町にあり、最寄りは一キロ南下した阪神線の魚崎駅だった。

父にとって住宅街に家を建てること。しかも、それが鉄筋であることは格別な意味を持っていた。頑丈な鉄筋の家が誇らしい響きを持つに至ったのは、底をさらうような生活が背景にあった。

父方の祖父母は別々に植民地下の朝鮮から渡来し、京都の洛外の被差別部落と隣り合う朝鮮人部落に流れ着いた。そこで夫婦は所帯を構えた。吹けば飛ぶようなあばら家の六畳一間に一家八人が住んでいた。腹を満たすために水を飲むといった、地べたを這うようなかつての日々を思えば、魚崎の暮らしは夢のようなものであったろう。

だが父はさらに上を目指した。九年後、私たちは山手の岡本に引っ越し、家からいつも眺めていた山上に梁の太い居を構えた。神戸を見る際のアングルをぐるりと変えたわけだ。

しかし、今は先を急がす、一九七五年の夏に話を戻す。

臥せがちな日の多い母の不調は気分の不安定さを招いた。

それがあらかじめわかっていただけに、母を煩わせることをなるべく避けるようになっていた。いつしか人からは「聞き分けのいい子」と誉められるようになると、私はその度に恥じ入り、母のスカートの陰に隠れた。

聞き分けの良さとは、本当のことを言い出さないままに済ませる態度でもあった。気遣いではなく、顔色を窺《うかが》っているに過ぎないことは当人が一番よく知っていた。だが物分かりの良さが習い性となり、私は家でも外でも静かに絵を描いたり、空想するなどひとり遊びをもっぱらとするようになっていた。

その日、乗り合わせた特急でいつものように行儀よく座っていると、何とはなしに見たはずの、向かいのドアと座席の間に貼られた広告に目が釘づけになってしまった。

そうなると、もうそこから目が離せなくなってしまう。

これは、横断歩道の白い線しか歩けなくて足を踏み外すとやり直すだとか、戸締りをしたのに何度も確かめてしまうとか、自分なりのセオリー通りにいかないと不穏になる例のヤツだった。それはいつも脈絡なく訪れては、ひとしきり私を振り回して去っていく。幼い頃にありがちな神経症ではあるのだろう。だが、渦中にいる人間にとってその説明は何の解決にもなりはしない。

過度に集中すると、まばたきが増えて挙動不審な行動に移ってしまいそうになる。その前に広告の何に引っかかるのか。その訳を探ろうと必死に目を凝らした。広告は中元の贈答品を勧めるコピーと共に果実入りのゼリーの写真が掲載されている、何の変哲のないものだ。だが、ひとつひとつの要素を追っていく中にみかんを認めるや、私は震撼《しんかん》した。ああ、と声が漏れそうになった。

この世から、旬が本当になくなってしまったのだ。

そのことがわかってしまった。

「旬」という概念をはっきりと理解していたわけではない。ただ母に代わり、お使いで向かう先の八百屋は露地栽培の野菜を扱っており、夏はキュウリ、冬は大根か白菜といった具合に、店頭に並ぶ品は季節ごとに決まりきっていた。

また春のいかなご、夏に鱧《はも》、秋に松茸、冬にはみかんが食卓を飾りと、折に触れて「旬のもの」を目にする機会は多かった。時節にふさわしい食べ物の並ぶ様子から、「旬」の指すところを飲み込んでいた。

広告を見て狼狽したのは、旬がなくなってしまった後では、時と場所の釣り合いは崩れ、ふさわしい時に起こるべきことは起こらず、世界はズレていくしかない、とわかったからだ。

それはとても不自然なことに感じられた。

ただ、こうして電車に揺られ、三宮へと運ばれていく最中にも転轍器《てんてつき》は切り替えられ、異なった線路を進むことに違和感は覚えようもない。それと同様にズレた世界に自然と入り込んでしまっているとしたら。

車窓からは通過する駅が左から右へと流れていく。もうさっきまでの世界に戻ることは決してない。

広告は商品を宣伝しているように見えながら、「すでに食い違った時間で生きてしまっている」というメッセージを伝えていた。私は知り得た驚くべき事実を隣に座った母に伝えようとして見上げたものの、いざとなるとそれをどう伝えていいかわからなくなった。

言葉が見つからないだけではない。

母に連れられて来たのは間違いないが、この日、この時、この電車に乗ることを選んだのは、他ならない私であった。無理強いされて乗ったわけではない。誰かのせいにすることはできなかった。旬のあった世界と枝分かれした別の時間の流れに繋がることを私は自らに許可したのではないか？　では他の人はどうなのだろう。そう思い周囲を見渡してみた。

時間はズレてしまったのに、騒ぎ立てる人は見当たらなかった。何も気づかないふりをしているのではなく、やはり私と同様にそのような新たな世界の到来に密かに合意をしていたのかもしれない。何も起きていなかったように見せかけた電車はしばらくして三宮駅に着いた。

その後の私たちの暮らしの調子は何事もなくズレ続けた。

すべてがズレている世界では、もはや齟齬《そご》が何かもわからなくなる。おかしさに気づけなくなる。

注意深く見れば、乖離した時間の進み具合に破れを見出すこともできたろうが、裂け目はしっかりと縫い合わせられていった。行き違いへの違和感はいずれ社会の進歩や技術の向上という文言によって塗り込められ、取るに足らない感傷のように扱われた。

たとえば広告にもあった果物だ。

一九七五年当時、イチゴもりんごも甘酸っぱい果実で、味わいは甘さよりも酸っぱさの方に傾きがちだった。だから我が家ではイチゴはミルクに浸して潰しながら食べ、りんごはポテトサラダに混ぜて食べた。

酸味でいえば柑橘類は抜きん出ており、八朔《はっさく》にいたっては小さな一房も食べられなかった。柑橘類の好きな父にしても、そのままでは酸っぱ過ぎて食べる気がしないらしく、果肉を取り出すとそこにブランデーと砂糖をかけて食べていた。

いつしか旬に関係なく果物を食べられるようになると、種類を問わず何であれ甘くて当然のものになっていた。その季節でしか食べられなかったものの味は、もはや「昔は酸っぱかった」と表すほかなく、品種改良であるとか農業技術の進歩向上の叶わない時代の遺物でしかなかった。

旬からズレた果実が孕む時間の狂いは、それを口にした途端に感じる「甘い」という味覚の刺激によって補正されたため、何も問題はないといった顔つきで当たり前に世の中に出回るようになった。果物に限らず、肉に魚に野菜と「甘みが旨味だ」と評価されるような、のっぺりとした感覚の席捲が始まろうとしていた。

食べ物の糖度の高まりは、暮らしを一変させるような激震を走らせたわけではない。ただ都会にしか住んだことのない私であっても、食べ物は自然を感じられる頼みの綱だった。自然の運行が刻む時を、人間の都合による時間のリズムが上回ると、人はただ起きている現象を味わうことを止めた。ズレをズレとして感じるだけのバランス感覚もなくなり、それも当たり前だと受け入れた時には生活はすっかり形を変えていた。

人の暮らしの外側に広がる自然に注意を向けるにあたり、ひとつところを凝視しては「木を見て森を見ず」となり、それでは時と場所の全体を見ることにはならない。自然は包括的な存在であるから、焦点を定めて見ることは本当はできない。

だが私たちの住む人為の世界では眼差しは限定的だ。

注目の対象はおおむね未来と過去になる。「あれもしたい」「ああすれば良かった」と私たちは希望と後悔を絶えず抱いている。

甘い果実を求めようという素朴な思いもそうだ。「これまで」よりも「これから」を欲し、さらに良いものを求めた結果、時間は静かにズレ、私たちの感覚も考えも知らぬ間に一変した。

その変わりようを人々は「明日は今日よりもすばらしい」というマジックワードにすり替えた。明日の変革を望むことは、古い世界からの決別、覚醒を意味していたようであるが、実態は深い眠りに就くことではなかったか。

催眠に自らかかることを諾《うべな》った瞬間が誰しも身に覚えがあるのではないか。私の経験したような一九七五年の夏のある日を過ごしたのではないか。

今生きているとは、ズレてしまった後の世界を生きていることなのかもしれない。そういう見立てをもとに、かつて私の住んでいた神戸を見てみようと思う。

あちらとこちら、一九七五年

幼稚園に向かう道すがら私の手を引く母は、体調が良いと時折「今日はあの道を通ってみようか」といたずらっぽい笑みを浮かべて言うことがあった。気の弱い私はもうそれだけで縮み上がってしまったものだ。だからといって嫌な気持ちばかりでもなく、小心者ではあっても、怖いもの見たさに興奮を覚えもした。

川を少し下ると高い黒塀から鬱蒼と茂る松が覗く屋敷の立ち並ぶ一帯がある。その瀟洒な住宅地を抜けて幼稚園へと至る道を選ぶと、ドーベルマンに吠えられながら白亜の邸宅を横切ることになる。ジェラルミンの盾を持った機動隊が屋敷の鉄門を見据えていた。家主は山口組系S組組長だった。ピリリと張りついた空気が流れる路地を過ぎるのが通園の際のひとつのイベントだった。ただし、抗争が起きた後はしばらくそのルートは通らない。

機動隊が陣取る前を息を詰めて小走りに抜ける。厳しい顔つきしかこの場では選択しようがないからしているといった表情の、仁王立ちした機動隊員を左に見上げ、今度は繋いだ手の側を見やる。その時間は決まって青々とした坊主頭の若い衆が掃除をしていた。濃紺の戦闘服を着、竹箒で熱心に落ち葉を掃いており、私たちを認めると、「おはようございます」と挨拶した。

威嚇することに慣れているきつい目つきとガニ股のなりからもたらされるのは、爽やかとは程遠い声音で、私はビクッとしたままこわばり、ぎゅっと握った手に力を入れた。軽く会釈する母の横顔は心なしかスリルを楽しむように見えた。

昨冬、かつての通園路を辿ってみた。黒塀の屋敷もS組組長の家もすっかり失せ、今は企業の社宅に変わっていた。坂を上ると冬の神戸の淡い青空の下、六甲山系を背後に控えた川沿いに松が走っており、それを目で追うと向こう岸にかかる小さな橋に気づく。母に「川の向こうの子と遊んではいけない」と言われたことを突然思い出した。かつて負った怪我の傷が疼くような痛みと共に、大した幅もないあの橋がこちらとあちらを分ける境界だったことを思い出した。

引っ込み思案の私には珍しく今まで行ったことのない川の向こうに探検のつもりで出かけたことがある。

橋のこちら側は日当たりのよい住宅地とマンションが連なり、カジュアルなフレンチを出す店もあった。そこで私は初めて食べたエスカルゴが気に入り、一ダースも食べ、鼻血を出したことがある。松の並木が続く、静かな印象のこちら側がその頃の私の境界だった。それを踏み越えた先のあちら側は高い建物や高架もなかったはずだが、日中にもかかわらず、なぜか薄暗い印象を与えた。狭い道が入り組み、辺りの陰気な様子に次第に心細くなり始めた頃、「何してんの?」と路地から飛び出し、親しげに声をかけてきた子がいた。

本のことを「ご本」というような当時の私にとって、それはとても乱暴な調子の上、語尾がどうも聞きなれない言い回しに聞こえた。不思議に思いはしたものの、その子たちが前からの知り合いのように間合いを詰めてくる親しげな話し方に抗い難い魅力を覚えた。おしゃべり上手ではないため、どうしてもつれてしまう話しぶりを気にせず、彼らは私が話し終えるのをちゃんと待ってくれた。そのためか別れ際に思わず「またね」と言い、橋を越えて家に帰った。再会を口にした自分に驚いた。

その日の冒険譚を台所で料理している母の背に向け興奮気味に話すと、母は振り返りもせず「川の向こうの子と遊んではいけない」と硬い声音で釘をさすように言った。取りつく島もない態度に「何で?」と尋ねると、「あの子たちは育ちが悪いから」といった趣旨のことを言った。具体的な内容ではなく、ニュアンスのみ覚えているのは、何かをぼやかしていることだけがこちらにはっきり伝わったからだろう。母の説明の歯切れの悪さがどうにも引っかかった。

本当の理由はとても理不尽で惨《むご》いことだということは直感できた。後年、川の向こうの人たちは世の中が右肩上がりに豊かになろうが、これまでと同じく光の当たらない生き方を強いられているのだと知った。

神戸はおしゃれでエキゾチック、港町らしく開放的だというイメージがあった。もはや神戸市民だけがその印象の出がらしを反芻しているとしか思えないのだが、かつてにしたところで、「おしゃれでエキゾチックな街」「開放的」というよそ行きとは異なる相貌をそこら中で目にすることはできた。

そもそも山口組が伸長したのは、神戸港の港湾荷役を振り出しにしていた。港は全国から荒くれ者や来歴定かではない者が蝟集する吹き溜まりでもあった。一九七〇年代になっても、港近辺はおしゃれどころか小便臭く、灰色がかった色合いをした地域として記憶に残っている。港町神戸の暮らしには暴力と貧困と差別はつきものだった。

母はその世界をちゃんと知っていた。

しかし、子供服はファミリアで求め、ウェッジウッドのティーカップとソーサーを揃えるといった、小綺麗な格好とそれなりにスタイリッシュな暮らしを母は求めていた。小市民としての体裁を整えることに力を入れる人でもあった。母の望みは、社会の階梯を上がることにあった。社会の底の暮らしなど振り返ってはならず、常に前へ、上へと歩む。それが彼女なりの信念だったのだろう。

だからこそ「川の向こう」に広がる世界と我が子が縁を結ぶことを忌避したのかもしれない。馴染みあるからこそ忌む気持ちが募りもしたのか。確かに出自が明らかになった途端、平手打ちを食らう経験を母はしていた。

彼女が小学生の頃、どういうわけか通学していた学校は在日コリアンの子弟に韓国語を教える時間を設けていた時期があったらしい。担任はクラスメイトの前で母にその旨を伝えた。授業が始まってしばらく、後ろの男子が母の編んだ髪を引っ張り、背中を小突いて「チョーセンジン」と言った。彼女はすぐさま振り返ると、彼の頬を張った。

他人への蔑みを露わにする人は今日《きょうび》、街頭にもインターネットにも溢れている。有象無象がこの世にいるのは、昭和の時代と変わりはない。ただし、今と異なるのは、侮蔑を剝き出しにする側は一方的に暴力を振るって無傷で終われるものではなかったことだ。そのようなことをすれば、被差別者の「己の存在を実力で確保する」構えからの反撃――当然その中には暴力も含まれている――を受けざるをえない。それが暗黙裡に許されていた。時には法を超えて実力を行使することも厭わない。私はかつての時代の感触をそういうものとして覚えている。

ヤクザと機動隊の「あいだ」を抜ける時、母は「己の存在を実力で確保する」ことが暴力と直結してしまう。そうせざるをえない時があり、そのような生き方もあることをヒリヒリと感じていたのかもしれない。世の中で上昇を目指す心持ちを抱え、見切ったはずの生き方に出会うと、思わず笑うしかなかったのかもしれない。

すべての人が日の当たる場所で生きられるわけではないことが、あからさまな時代だった。

生きていれば弱い者や貧しい者を下に見てもよいといった、割り切った態度など取れるものではなかった。それくらい弱者や貧しい人を街中で見かけるのはごく当たり前のことだった。

三宮駅近くのデパート「そごう」へ向かう陸橋に、ムシロに座り、脇に空き缶を置いた複数の物乞いをよく見かけた。今時の缶詰は個食を念頭に置いているせいか、とても小さい。当時は白桃や黄桃の絵が描かれた大きな缶詰が通常サイズとして売られており、物乞いはその空き缶を置いていた。

そごうの正面玄関を入ると吹き抜けに大きなシャンデリアが吊るされており、大理石の内装とあいまって絵に描いたような大仰な高級感が演出されていた。デパートは普段着で出かけることが憚られるような、日常と地続きにはないハレの空間であった。

普段から公園での砂遊びや外を駆け回るには適していない服を母は私に与えた。お出かけの日はさらに特別な格好をさせたがった。身につけている華美な服と同様、心持ちもどことなく浮ついている時に、行き交う人々の前にただただ首を垂れ、襤褸《ぼろ》と呼ぶほかない身なりをした人を認めると、私はデパートに行く弾んだ気持ちとの釣り合いが取れなくなり、ひどく狼狽した。

いったいどういった着方をすれば、そのような煮しめた色になるのか。元々の色も形もわからない服をまとう姿には、直視し難いものがあった。しかし蓬髪垢面《ほうはつくめん》の男から目を逸らすことはできなかった。意を決して尋ねた。「あの人は何をしているの」。

するとき、母は「お乞食《こじき》さんよ」と答えた。私は硬貨を母から与えられ、空き缶にそっと入れた。缶の底には小銭がいくつか見えた。

「お乞食さん」という呼び方は何か胸に染みるものがあった。それは遠く離れた人ではなく、すぐ近くにいる人のような感じがした。この社会の外ではなく、内に彼もまた生きているのだというような。

「川の向こうの子供」とはつき合うなというのであれば、乞食をぞんざいに扱ってもよさそうなものだ。気まぐれの同情だったろうか。

おそらく彼女がぶれた態度をとっていたのは、躊躇《ためら》いがあったからだ。生きていく上では誰しも明るい道だけを歩めるものではなく、陰影の中をどうにかこうにか踏み渡っていかざるをえないものなのだ。

駅前に限らず、正月や祭事には寺社近辺で、決まって白装束に軍帽、松葉杖をついた人がアコーディオンを抱え、喜捨を乞うていた。戦争で怪我をして働けない人たちだとは知ってはいた。ただ、戦争は遥か昔に終わったはずで、だから目の前にいる元軍人が物乞いをしていることがうまく理解できなかった。今にして思えば遥か昔とは、ほんの三〇年前のことで、戦争は終わっても無くなった腕や足が帰ってくるわけではなく、戦争に区切りがつくことなど彼らにとってはなかったのだ。

父は傷痍軍人について「あの人たちはな、〝本物〟ではないんや。でもな」と、そういうと口を噤《つぐ》んだ。その父の口ぶりはどこかで母が路傍の人を「お乞食さん」と呼んだ言葉の選び方にも似ている気がした。

「でもな」の後には何が続いたろう。本当の傷痍軍人ではない。だが「生きるためにはそうせざるをえない人がいる」だろうか。

空襲で焼け払われながらも復興を遂げた神戸は、戦後日本の経済発展を象徴する都市であった。行政の手腕は「株式会社神戸市」といわれ、街のあり方が開発や経済といった視点で捉えられることを疑いもしなかった。「山、海へ行く」のスローガンのもと、山を削り、宅地開発し、土砂を全長一三キロのベルトコンベアで運び、海を埋め立てポートアイランドを作った。その人工島で一九八一年、神戸ポートアイランド博覧会が開かれた。

三宮にいた「お乞食さん」は博覧会を前に三宮から一掃された。躊躇いを抱かないではいられない景色は神戸から消え始めていた。

阪神間モダニズム

「なんや今日はプリンアラモード、食べたい気分やわ」

「おばあちゃん、そんなんここにあらへんわ。モカペアにしといたら」

「私はアイスコーヒー」

「ほんなら私もそれ。あとケーキも。お母さんはいらん？」

「遠慮しとく。それにしても今日はぎょうさんの人やわ」

「人もすごいけど、えらい暑い。のど渇いたわ」


隣席に座った祖母、娘、孫の三人連れは、世代ごとに着る服は違っても、流行そのままでもなく、遅れるでもなく、「品のある女たちの装い」というところでぴったり共通していた。神戸の山手の住民に見られる、決してとがらないそつなく鈍く華美な出で立ちだ。

休日の昼下がり、三宮センター街にあるジュンク堂で本を買った後、少し散歩しつつ北野のにしむら珈琲に立ち寄ってページをめくる決まりは実家を離れて、たまの帰省であっても続いていた。にしむら珈琲と言えば、ヨーロッパ調のクラシカルな内装と落ち着いた雰囲気、丁寧なサービスで定評のある老舗の喫茶店だ。神戸の人間なら知らないものはいない。

隣に居合わせた三人組の格好に既視感を覚えたせいか、聞くともなしに会話が耳に入る。話題は大丸での買い物を皮切りに、知り合いの結婚式についての「あそこのお嬢さん、ええとこにいきはったわ」から、この前食べたフレンチの店の味「喫茶店の娘さんがやっているこのランチ、美味しかったな。また行こ」に引き続いての今度の旅の予定「お父さんも一緒に行ったらええのに」など次々と移り変わった。

大学生と思しき孫の傍に置かれたハイブランドのバッグは、デザインからして母親に譲られたものだろう。三人はきっとファストファッションを身につけることはないはずだ。かといって忌避することもないだろう。ただそれとは縁のない暮らしなのだ、と勝手に想像した。

彼女たちのおしゃべりは終始ドラジェのような糖衣がけで、どことなく谷崎潤一郎『細雪』で目にしたくだりのようでもあった。浮世のことはともかくといった調子の会話は、かつての自分にとって覚えはあっても、今の私にはあまりに現実離れしているように感じた。三人の話を聞いている内に、ぼんやりと思い浮かべたのは、「阪神間モダニズム」だった。

関西圏以外の人には馴染みのない「阪神間モダニズム」であるが、これを手短に言えば、大阪から神戸へと郊外に都市が広がる中で生まれた、新たな生活様式と消費活動の勃興ということになるだろう。モデルとされたのはイギリスに生まれた「田園都市」であった。彼の国においては工業化による大気汚染、労働者の都市流入による住環境の悪化といった問題から都市設計が構想されたように、発端は大阪の住環境の悪化にあった。

大阪は近世から一九三〇年代にかけて国内経済の中心地であった。明治以降は近代産業の花形である紡績や鉄鋼業が盛んになったこともあり、人口は首都の東京を追い抜いた。しかしながら、急激な産業化によりイギリス同様の問題が起きた。そこに目をつけたのが阪神や阪急といった電鉄会社でどちらも沿線の宅地開発に勤しんだ。阪急電鉄はパンフレットを通じ、こう喧伝した。

「美しき水の都は昔の夢と消えて、空暗き煙の都に住む不幸なる我が大阪市民諸君よ！」

やがて住友家を筆頭に東洋紡や大林組の社長をはじめ企業の重鎮、重役たちが続々と大阪から転出し、富豪たちの邸宅が郊外に建ち並び始めた。とりわけ阪神電鉄の通る住吉村は一九二〇年代には「富豪村」として知られることになる。郊外転出は勢いづき、日本生命、伊藤忠、丸紅など商社の社長宅、財閥、製薬会社、不動産業を営む大阪船場の富商たちが、芦屋や御影など「阪神間」にこぞって私邸を構えた。

宅地開発の一方で、小林一三率いる阪急電鉄は斬新な策をとった。ターミナル駅にデパートを設け、閑散とした農村地帯に敷いた路線に乗客を誘致するための娯楽施設を作ったのだ。それが宝塚に開場した温泉であり、一環の娯楽として立ち上げたのが宝塚歌劇団だった。こうした開発の手法は後《のち》に東急の創始者、五島慶太の模倣するところとなった。

阪急電鉄は今でこそ芦屋、岡本、御影といった高級住宅街を抜ける路線として有名だが、神戸線が開通した一九二〇年、人家もまばらな山麓を直行するだけの路線でしかなかった。神戸線の宅地開発でまず着手されたのは岡本駅付近であった。

岡本や御影は神戸の典型と言える地形をしており、北に山を背負い、南に海を臨むことができる、景観の良い地であった。外国人も多く住む付近について、一九二九年に書かれた「阪神風景漫歩」はこう描写している。

「御影あたりに住んでゐる西洋人の細君たちは、神戸の市場で求めた食糧品をバスケットにつめ込んで、この電車で帰つて行った。何とかいふ露西亜の美しいダンサーの顔もしばしば見受けた。御影＝岡本＝芦屋川では阪神間における、最もモダーンな色彩を乗せる。それは大概、ブルヂヨアの家族たちで、目のさめるやうな振袖か、でなければ、スマートな洋装である。（略）若い細君たちは、長いクラブを抱へて、よく、その日のゴルフゲームの話をした」

この年、芦屋の六麓荘《ろくろうそう》の造成が始まる。今でも高級住宅地として知られる六麓荘では、電柱が景観を損なうことから地下埋設とし、道路はすべて舗装され、テニスコートや運動場も作られた。

阪神間に分譲地が増えるにつれ、購買層もまた広がり、企業の社長や重役、大阪の船場の富商だけでなく、第一次大戦の戦争特需によって潤った商社や銀行員、また官庁に勤める中産階級が居を構えるようになる。都市の勤め人が中流階級の中心となる時代に入っていた。

田畑の宅地化が進み、街が広がると、消費行動も盛んになった。神戸の元居留地や元町、南京町では「外国図書、ファッション、雑貨からマンゴスチン、マンゴ、シュークリーム、バウムクーヘン等がなんでも買えた。（略）いくらでもうまい西洋料理や中華料理が食べられた」（『関西モダニズム再考』）。

一九二七年、帝国キネマ撮影所の芦屋撮影所が発足した。一九三三年、日本最初のファッション誌『ファッション』が芦屋で創刊。一九三七年、本山に洋裁研究所が創立するなど文学、音楽、衣装の領域において新しい文化が花開いた。そうした新しい風俗や地域住民の振る舞いをよく反映しているのが先述した『細雪』であろう。

先ほどから私は幾度か谷崎の名に触れている。というのは、谷崎が住んだ魚崎や岡本、住吉は私たち一家が住んだ場所であり、また父の創業した会社のあった地でもあり、そういう意味では、阪神間モダニズムが価値を置いた土地の後追いをしていたのだなと思うからだ。肝心の阪神間モダニズムは、やがて日中戦争が泥沼にはまり込み、統制経済が強化され、国粋主義に傾く世相の中で終わりを迎えることとなった。

しかし、かつてのセレブリティの暮らしぶりは多くの記憶に残ったと見え、戦後になっても山手で上品な暮らしを送ることをアガリとする考えは、我が家がそうであったように、神戸の住民間に根づいた。

先述したように食べるものもなく、水を飲んで腹を満たす。そんな赤貧の暮らしから父の人生は始まった。印刷会社勤務を振り出しに、ケーキの包装紙やリボンを扱う卸売会社を創業。ケーキやパンといった洋風の食事の広がりと共に、売り上げは拡大していった。裸一貫から始めた事業で社会階層の上昇を成し遂げられたのは、なりふり構わず生きることに邁進していたからだろう。

やがて社会が安定していくに従い、システムに則ったやり方で、手にした財の現状維持、拡張が図られることになる。そのひとつが教育への投資だ。私は阪神間モダニズムの担い手の子弟を育てた甲南小学校への受験を課せられることになった。あいにく不合格となったものの、世は進学塾ブームの真っ盛りであり、メディアでは「受験戦争」という語を多見する時代であった。次は中学受験が当然とされ、私には選択の余地はなかった。日本社会で異民族がサバイブするならば、「他を圧倒する実力をつけなければいけない」との父の考えは折に触れて示されており、事業が成功し続ける限り、それは揺らぐことはなかった。

一九八四年、我が家は住みなれた魚崎を離れ岡本の梅林へ移った。

これまで仰ぎ見ていた、海抜一五〇メートルほどの山の頂き近くに越した。新しい家からは海を挟んで大阪の泉南、三宮の手前あたりまでの市街が一望できた。私たちは正しく阪神間モダニズムの足跡を追っていた。

モロゾフとコスモポリタン、一九八四年

岡本の後背にある山頂近く、戦中は高射砲が据えられていた、切り立った崖のそばに新宅は建てられた。

山を崩し整地した結果、補強のコンクリート壁の高さが一〇メートル近くになり、周囲に威圧感を与えていた。岩を積み上げた階段の先の、銅を葺《ふ》いた屋根をいただく檜の門を押し開け、さらに階段を進むと高さ二メートル五〇センチくらいの木の扉が待ち構える。家屋は太い梁の通った、木造の二階建で外観はあくまでも和風だ。屋根は門扉と同様、瓦と銅板で葺かれていた。

重い扉を開けると大きな石を敷き詰めた玄関が広がる。脇にはイタリア製のベンチにもなるシューズボックスが置かれ、吹き抜けの天井にはフランスから取り寄せた、二メートルほどのシャンデリアが吊り下げられていた。

客間にロココ調のソファが置かれるなど、外観と異なり内装はヨーロッパ風ですべて整えたと思いきや、間仕切りの分厚い引き戸を開けるとそこは一五畳くらいの和室になっていた。父は天井が数寄屋造にみられるような、船底天井であることを自慢気に語った。和室は他にもう一部屋あり、掘りごたつが設えられていた。

私に与えられた二階の部屋からは麓に広がる町並みと海が一望できた。据付のクローゼットと書棚といった建具も立派なもので、父が贅《ぜい》を尽くして家を建てたことはわかった。和風モダンというよりも煮詰め方の足りない和洋折衷で、立派な構えであるとわかっても、何となく落ち着かない心地がした。

先述したように阪神間モダニズムを牽引した阪急電鉄の経営者、小林一三が初期に売り出した住宅は洋館で、完全に欧米調に造作した。さぞかしモダン好みの新興階層に受けが良かろうと思ったものの当ては外れ、小林は「さっぱり売れなかった」とこぼしている。住宅が好調に売れ出したのは、畳の部屋をこしらえるようになってからだった。

モダンなものを好み、従来の価値観と断絶したかに見えた新しい世代であっても、身体性はいまだに前時代の慣習、文化を引きずっていた。彼らはテーブルと椅子だけではしっくり来ず、畳に座る、しゃがむ姿勢に安堵を覚えたものと見える。その振る舞いの尾を手繰れば近世に繋がっていた。では、父が志向した和洋のそれぞれの尾はどこに結びついたろう。

生まれも育ちも京都の大路の外れ。雨が降ればぬかるむ、始終湿気ていた朝鮮人部落のあばら屋だ。千年の都に住みながらも、何ひとつその地の文化、風習にルーツを持ってはおらず、染まることもなかった。

趣味らしい趣味を持たなかった父ではあったが、唯一関心を見せたのは住宅の造作と建具選びであった。その凝りようがキメラめいたデザインをもたらしたとしても、父の和洋への関心はどこからやってきたのか。

陋屋《ろうおく》とはまったく異なりながらも、遠目に眺めるしかなかった京都の人並みの暮らしが、彼にとっての「和」であったのは間違いない。そしてモダンな都市文化の香りをまだ残していた戦後の神戸を「洋」の代表としたようだ。大人になるまでケーキを食べたことがなく、神戸で初めて口にしたバタークリームを使ったケーキに「世の中にこれほどうまいものがあるのか」と驚いたという。その衝撃と「今後はもっと洋菓子が大衆に広まる」との予測から、神戸で立ち上げた事業が洋菓子の包装紙の卸であった。そこから父の社会階層を上昇する挑戦は始まった。


神戸にモダニズムが花開いた一九三〇年代に父方の両親はそれぞれ半島を出た。その時期の多くの朝鮮人がそうであったように、廉価な労働力を必要とする帝国に吸い寄せられ、玄界灘を渡った。父が物心ついた時は、日本は戦時下にあり、皇国少年になる暇もなく六歳で敗戦を迎えた。帝国に包摂された二流の臣民は、今度は異民族として放逐された。

その後の成り行きは、父が喧嘩であれ勉強であれ商売であれ、それらについて語る際に「戦う」という語を多用したことからもわかるだろう。「人に先んじよ。我々がこの社会で生きることは戦いに他ならないのだ」と、ことあるごとに覚悟を説いた。

だが、得心がいったためしがない。なぜ戦わねばならないのか、さっぱり見当がつかなかったからだ。まして岡本に家を新築した時節は、じきにバブル経済を迎えようとする頃であった。ユーハイムにハイジ、フーケ、エーデルワイス、アンリ・シャルパンティエとケーキ店も多く、どこの店もともかく菓子を作れば売れた時代だった。そんな太平楽の世に臨戦態勢で身構えている人を私は父の他に知らなかった。父は歯を食いしばり過ぎて、奥歯がすり減っているような人間だった。

父の鼓吹する日本社会における戦いは、富と力と名誉の獲得に向かっており、息子に対して民族性の自覚を迫った。しかし私は「韓国籍」を保持している事実以上に何か加えることに意義を持てなかった。「韓国人だから頑張らねばならない」という発想がまるでなかった。

生まれた時から裕福な環境に育ったせいで、父のような強烈な飢餓感からくるバイタリティを持ち合わせておらず、争うことが不得手だった。そのせいか民族やナショナリズムという言葉の響きに勇ましさは感じても、その容赦のなさが気になってしまい、口にすることはなるべく避けたかった。闘争よりも引かれ者の小唄に聞こえるかもしれない夢想に魅力を覚え、とりわけ「コスモポリタン」とその語が醸し出す世界に魅かれた。

それなりの文化資本を得られた、坊ちゃん育ちであればこそその余裕がそのような考えを育んだとはわかっている。だからこそ持てる視点もあるとすれば、かつて自分も属していたプチブルジョアの、阪神間モダニズムの残滓を満喫する暮らしについて振り返ると、どうしても見落とせないことがある。

一九三〇年代のモダニズムの勃興は第一次世界大戦による特需と満州事変による活況。つまり帝国の勢威の拡張と共にあった。その結果、流民としてこの地に漂着したのが私たちだ。そうでありながら帝国の伸長の名残を追うべく戦い、勝ち取る人生を歩まねばならないとしたら、皮肉に思えてならない。

岡本に越したあたりから、私は戦うことは、果たして生きるに値する人生かと悩むようになった。下校の中途、遠回りしては家のある山の麓から南北に走る天井川沿いを歩いた。かつて川沿いに神戸市民にはよく知られた洋菓子店のモロゾフの支店があった。当時の私は知る由もなかったが、身近にあったモロゾフは、ここ神戸岡本でコスモポリタンを考察するには、うってつけの存在だった。

製菓会社「モロゾフ」の創始者、フョードル・ドミトリエヴィチ・モロゾフは一九二四年、ロシア革命で混乱する祖国を離れ、アメリカを経て日本に移住した。フョードルは一九二六年、「モロゾフ」を創業。一九三二年、日本で初めてバレンタインにチョコレートを贈る習慣を導入し、成功を収めた。この商法はやがて全国に広まることになる。

「モロゾフ」の売れ行きは好調だったにもかかわらず、共同経営者との悶着によりフョードルと息子のヴァレンティン・フョードロヴィチ・モロゾフは「モロゾフ」と袂を分かった。その後、ヴァレンティンは「コスモポリタン」を創業する。

今は廃業してしまったコスモポリタンだが、往時は高級菓子として神戸市民に馴染みがあった。コスモポリタンとは世界市民であり、異国情緒を思わせる言葉の響きとチョコレートの甘い記憶として私の傍らにある。

コスモポリタンはコスモポリタニズムを掲げる。モロゾフ一家にとっての世界主義は何を意味したろう。

親子ともども革命後に誕生したソビエトには思い入れのひとつもなかった。かといって日本国籍を取得することもなかった。帰化するには日本風に改名する必要があり、それに抵抗を感じたからだという。ヴァレンティンは生涯、無国籍だった。どこにも根を持たず生やさない。

モロゾフという出自を明らかにする名を冠した会社から共同経営者によって追放された後、立ち上げた会社がコスモポリタンだ。社を追い出されたのであるから、同じ名をつけることはできないにしても、モロゾフからコスモポリタンといった、一族の名から世界をひとつの共同体と見る立場を名としたわけだ。固有名を失い世界市民へ、と言わんばかりの白系ロシア人の道行きは、ある種の物語を感じさせないではいられない。失うことで世界市民の地平に立つことが初めて許されるとでも言うような。では何を失ったのか？

言うまでもなく国を、帰るべき故郷を、よすがにする根を失った。そうした喪失の痛みが身に刻まれたのだと想像すると、どれほどの時間が経とうとも心に覚えた痛苦は消え去らないと思わずにいられない。私は勝手にモロゾフ一家の足跡を読み替えているだろう。そうであっても、痛みの記憶に関する教訓を与えてくれたのは確かだ。

痛みの記憶は厄介だ。疼きのあまり「どうしてこのような憂き目に遭わなければならないのか」と思い、「自分は被害者だ」といった感覚が生じてしまう。それが高まれば「こんな人生ではなかったはずだ」と「ありえたかもしれない現実」という名の幻想に自己を沈めていきもする。

痛みはやがて生々しさを失う。喪失の体験は喪失感に移ろい、痛みの記憶はそれを思い起こすことで自分を確認する手段になり始める。忘れたい痛みにすがりつつ、ありえたかもしれない夢想の実現に向けて努力する。

人はそれをハングリー精神と呼ぶ。抱え込んだ痛みは直視したくないが手放したくもない。葛藤と被害者としての意識が原動力となる。その力動を自己憐憫と嘲笑って済ませられないのは、葛藤は強烈なバイタリティとして発揮されもするからだ。エネルギッシュといえるかもしれない。しかし、それが人生を充実させるかどうかは別だ。

私がコスモポリタニズムに直感的に魅せられたのは、ハングリー精神や国家、アイデンティティといった、とかく熱を帯びて語られたがる言葉の群れに自己憐憫という湿気の高さを感じたからだろう。何せ世界主義は乾いている。

コスモポリタンは現実に存在しない。可能だったかもしれない現実ではなく、ありえない現実だった。だからこそ、どこまでも根拠がなく、足の置き場がない。私にとってはロマンを遠ざけ、自己憐憫の物語が人生を駆動させるという思いを中和するには、ちょうど良かったのだ。

コスモポリタンの創始者、ヴァレンティンは生涯、無国籍だった。かつての祖国はもう存在しないのだから、国家を選び取れない無／国籍なのか。あるいは国家に信奉を持たない無国／籍だったか。乾いたコスモポリタニズムは国籍の刻印すら否定する後者を取るだろうか。「失うことで世界市民の地平に立つことが初めて許されるとでも言うような。では何を失ったのか？」と先に問うた。何を本当に失ったのかといえば痛みを、過去を失ったのではないか。

失うとは喪失感に道を開いているとは限らない、それは喪失感という足跡も残さず、痛みも過去も憐憫すら手放すことにも繋がっている。

その乾いた、手応えのない少し寂しい感じは孤独ではあるかもしれない。だが、存外悪くないと思うのだ。

震災、一九九五年

神戸を離れて随分経つ。その間、北海道から先島諸島まであちらこちらを旅した。やがて気づいたのは、私が何かを感じるにあたっての規矩《きく》が身の内に備わっていることだった。すっきりと晴れ渡らない冬空や起伏の乏しい平野、周囲ぐるりを山に囲まれている盆地にいると、どうも不穏な心持ちになる。なだらかな坂はありつつも海に向けて開けた地形と瀬戸内の気候はやはりしっくりする。

感性は、草木と同じくいつのまにか萌え出ずる。意図して芽生えさせるものではなく、根本は生まれた土地に養われる。そこで話される言葉、食べられるもの、生きる人との関わりも含めた地力がその人の感覚経験となる。

そう思うと、アイデンティティをあえて口にしなくてはならないのは、とても不幸なことではないか。

自分好みの伝統や歴史、文化を取り上げ、それを身につけることで何者かになろうとする。その試みは、自らの感性を育てる根が暮らしの中から失われたのだと告白するのに他ならない。

今はなくなってしまったものを概念として取り返すことがアイデンティティの確立である

ならば、それを求め、しっかりさせようとするほどに、実際は己の立つ拠り所のなさを知ることになる。

その空疎な感覚を「神戸ブランド」という文言を目にする度に味わう。

プリンに餃子にチョコレートとわざわざ神戸の名を冠した商品を見かける機会も帰省のごとに増えた。そのような自己言及がいつから始まったのかと振り返ると、少なくとも私が神戸に住んでいた一九九〇年代初頭までは、プリンにまで「神戸」を騙らせることはなかったはずだ。

しかしながら、以前は人々の品がことさら良かったわけではない。ただ金銭に余裕があると、人はアイデンティティについてわざわざ考えることに関心を払わないのだ。その頃は世に言うバブル経済の絶頂期だった。

神戸市民に限らず、多くの人々の興味を引いたのは、活況という名の乱痴気騒ぎがもたらす蜜の分け前に与かることだった。家業について言えば、菓子業界も好況でケーキと名がつけばともかく売れた。クリスマスやバレンタインともなれば高いものでも飛ぶように売れた。

思い返すだに苦々しさを感じるのは、毎日のようにかかってくる証券会社からの電話であり、郵便ポストに投げ込まれたゴルフ会員権の案内だ。世の流れに逆らうことなく、父は株とゴルフ会員権、それに土地を買った。

当時、親からは生活費を与えられていたが、三宮の繁華街にある居酒屋で社会見聞と称してバイトをしていた。働き始めて驚いたのは、店の提供する食べ物や飲み物の料金と見合わない質の低さだった。他店で働いていた人によれば、どこも似たようないい加減なものだという。

味わうに足るものではないと客もわかっていたのか。食い散らして残された料理は多く、それでいて学生であってもひとり五〇〇〇円程度支払うことはざらだった。

アルコールでしまりのない表情をした大人たちや一気飲みではしゃぐ学生を見るにつけ、「こんな浮かれた時代が長く続くはずがない。偽りの快楽だけを求める世など滅びればよい」と世間の体たらくに呪いを浴びせていた。

右肩上がりの暮らしはこれからも続くといった、まるで根拠のない未来を誰もが信じていた。ともかく普通に働いておれば、物質的に憂いのない暮らしができる。そんな一本調子の音色しか奏でない人生が標準であるかのような考えがさほど疑われもしなかった。

街にいると社会の寸法はあらかじめ決まっていて、そこには新鮮な空気が流れない、息詰まる感覚を覚えた。けれども、柔らかい陽光が木々を照らし、緑を含んだ六甲からの風が街中を抜けていくのをふと感じれば、わずかでも土地の呼吸と同調できたような気がして、人工物に囲まれながらも気持ちが活性した。

しかし、何のために金銭を求めているかわからない狂騒が辺りを浸し始めると、誰もが気づかない内に少しずつ街から気力が失われていった。活況はあっても、それは作り物の木偶の演じる賑やかしさにも似ていた。

神戸には近代以前の遺構は少ない。影も形もない福原の都をはじめ、一ノ谷の戦いで死んだ平敦盛の悲話。湊川の戦いで敗れた楠木正成と、栄耀栄華は続かないことにまつわる逸話は多い。それらの無形の記憶は土地に宿っているはずだと思っていた。

伏流している時間の連なりから見ると、現世の振る舞いがことごとく愚かに感じた。そう言ったところで、それはまず己に対する呪詛でもあったのは、親の経済力ひいては神戸の活況のおかげで自分も贅沢な暮らしができているからであった。この浮薄な時代に加勢していることになおさら苛立ちは募った。

自活する能力はないものの、何もかもがデタラメに見えてしまう。生きて行く上で本当のことが隠されているという思いは強かった。

遅くやってきた思春期は、自分が何者であり、何ができるのか。その答えを早急に求めていた。アイデンティティを確固とすることを願うあまり、海外放浪という使い古された手近な解決策をとることにした。行き先はこれまたインドという定番ぶりだ。

海の向こうに行けば何とかなるのではないか。その期待の根っこには死なない程度の穏当な、冒険めいたスリルの体験によって生まれ変わりたいという、非常に都合のいい考えがあった。

幸い、その望みは叶うことはなかった。

パキスタン国境の紛争に巻き込まれ、次いで警察に脅迫され、挙げ句の果てには髄膜炎で入院するといった、アイデンティティを求めての彷徨どころではない右往左往の珍道中に旅は終始したからだ。

ただし、インドに旅して良かったことがひとつある。アイデンティティの確立に答えを求めなくなったことだ。私は出国の際、保険に加入しなかったため、一〇日あまりの入院費用として日本円で一五万程度請求された。金の持ち合わせはなく、親に用立ててもらう必要があった。国際電話をかけられる電話局は病院からは遠い。ベッドから起き上がるにも難儀し、サンダルの重さで足が前へ進まない衰弱ぶりだった。照りつける太陽の下、足を前に出すのも一苦労のすっかり痩せ衰えた身を押して病院から国際電話局までノロノロと歩いたのは、まだ携帯電話はなく、公衆電話から国際電話をかけることもできなかったからだ。

帰国の予定日を一週間あまり過ぎての電話だ。コールして間もなくの父の第一声は「生きていたのか！」であった。聞けば、私は行方不明者として在インド韓国大使館に捜査依頼が出されていたという。

手にした受話器すら重くて長くは持っていられない。簡便に用件を伝えようと「入院費と帰りのチケット代がないから送金してくれないか」と喘いで言うと、父は謝絶するかの口ぶりでこう返した。「それどころじゃない」。

「株が大暴落したんや。家が抵当に入るかもしれん」

這う這うの体で電話したその日、まさに日本ではバブル経済は土崩しつつあったのだ。株と土地の投機にのめり込むところのあった父は大損失を被った。脳裏には差し押さえの札が貼られた我が家が浮かんだ。何とも絶妙のタイミングで電話をしたものだと感心のあまり、以後の父の話はまるで覚えていない。ともかく帰りの飛行機代だけは送ってもらいたいと言い置き電話を切った。入院費については、インド人の医師に頼み込み、日本に着いてから払うことで合意してもらおうと決めた。

記憶に今なお鮮やかなのは、電話局を出たすぐ後に目に映った、やたらと青く澄んだデリーの空だ。インドを旅している間、曇天であれ快晴であれ不安や焦慮は常に心を覆っていた。しかし、空を見上げた時、憂鬱な気持ちは雲散霧消していた。

自分や家族がのっぴきならないところにいるのはわかっていても、「それ見たことか」という言葉が口を吐いて出るのを止められない。やはり現世のことは「ひとえに風の前の塵」なのだと思うと無性に楽しくなり、足取りも快活になった。この日を境に憑き物が落ちたようにアイデンティティなど求めなくなった。

「何者であるか」など頭の中であれこれ構築するものではない。何者であるかを決定するのは、それについてあれこれ考える私の意識の外にある。

特別に装われた出来事や羽目を外したお祭り騒ぎでもなく、生まれてこの方いつものように見ている景色、交誼ある人とのいつも交わす会話、ありふれているがゆえに名づけられない何か。つまりは現に私の生きている土地にまつわるあらゆる平常さが何者であるかの証しだてなのだ。

だがしかし、そのことが身に染みたのは、当たり前の光景が私の知る神戸から消え去った後だった。

インド放浪から四年後、私は上京し、テレビ制作会社で働いていた。徹夜明けにオフィスでニュースをぼんやり見ていると、そこに映し出されたのは、白煙に包まれている見慣れた景色だった。一九九五年一月一七日、大地震が神戸を襲った。

実家に電話をかけてもまったく繋がらない。翌朝、京都までは新幹線が運行していることがわかり、飛び乗った。そこから阪急線で神戸に向かったが、西宮北口から向こうの線路は飴のように曲がりくねっており、それ以上進むことはできなかった。午後三時頃、岡本の実家までの一〇キロあまりを国道二号線沿いに歩き始めた。幹線道路沿いの家は捩れ潰れ、臓物を撒き散らすように家財道具や瓦を吐き出し、ことごとく倒壊していた。

冬とは言え日没にはまだ早い。けれども西の空を赤黒い煙が覆い、天空の半ばが暗く閉ざされていた。ザクロの実が爆ぜるような格好で破裂し、土を覗かせたアスファルトは救急車と消防車の行く手を阻み、けたたましいサイレン音は虚しく鳴り響いていた。その耳をつんざく音にも避難者は眉根をひそめることはなく、また一言も話すこともなく、私の向かう先とは反対の東を目指し、表情の見えない顔つきで黙々と歩いていた。万を数える人の足の運びが埃と灰を舞わせ、鼻をついた。不吉で不穏な臭いがした。

麓でこの惨状なら山頂にある家は山崩れでとてもダメだろうと家族の死を想った。どんな結果も素直に受け入れられそうな気がした。案に相違して家族は無傷だった。

その夜、まんじりともせず眼下の町のあちらこちらに火柱が立つ様を見た。いっこうに消火される様子もない炎の広がりを、ただじっと見ていた。

今はもう聞かれることもなくなったが、震災直後は被害の実情について尋ねられることが多かった。聞かれても「警官は道路をバイクが逆走しても何も言わなかった。あれはいつから注意するようになったのだろう」「大阪に食料の買い出しにいったら、震災募金を迫られた」「東京での暮らしは貧乏だったので救援物資のおかげで太った」といった、茶化す話ししかしなかった。

定型の「お話」にしたくなかったのだ。相手の聞きたいことに呼応したくなかったのもさることながら、自分の中にあるノスタルジーを明らかにするのが嫌だったのだろう。

震災後、「がんばろうＫＯＢＥ」の掛け声と共に神戸は再生に向けて歩んで来た。一〇年も経つと、あれほどコンクリートの建物が倒壊した体験があるにもかかわらず、タワーマンションが建ち並ぶようになった。再開発された街にチェーン店が軒を並べるようになり、どこかで見たようなキラキラしたセレクトショップが増えるごとに、どうにも場末の匂いが漂うようになった。その時節から「神戸ブランド」と銘打つ自己言及が盛んに行われるようになったと睨んでいる。

かつては地元に根ざした喫茶店とケーキ屋、パン屋がやたらとあった。そうした目新しさのない光景が実は、私の情感を育ててくれていたのだ。バブル期と震災を経て、大半は一掃された。

記憶の源泉を断たれることがこれほどつらいものだとはそれまで知らなかった。体の一部がもがれる感覚を味わった時、故郷を失った祖父母の世代の痛みがようやくわかったような気がした。

同時に、人は覚えた痛みを忘れるため、理想のアイデンティティを伝統や歴史、国や民族に託してしまえることも知った。それがどれだけいびつな虚像であってもいい。贋物であっても本当らしくありさえすればいいのだ。

戦前の阪神間モダニズムと戦後の高度経済成長での伸長により、神戸は繁栄を謳歌してきた。それを「コンテンツ」扱いしたところで、もう賞味期限の切れた、追憶としてしか語られない物語なのだ。愛着は過去へのこだわりにすり替わり、かつての栄華がブランドイメージとして宣布される。しかしこだわるべきものは、もう存在しない。

神戸に帰る度に侘しい思いをする。風を運んでいた見慣れた山は削られ、建売住宅が空気の通り道を塞いだ。

故郷の風景がすっかり変貌したことに耐え難い気持ちになる。神戸が必死に喧伝する己の姿は、私の知っているそれではない。

けれども郷愁に駆られそうになる時、私の違和感や寂しさの出どころは、かつてはあったが、今はなくなってしまったものへの執着だと知る。私は自分の弱さに気づかされる。そして、中世フランスの神秘主義思想家、サン゠ヴィクトールのユーグの言葉を思い出すのだ。

「世界のあらゆる場所を故郷と思えるようになった人間はそれなりの人物である。だが、それにもまして完璧なのは、全世界のいたるところが異郷であると悟った人間なのである」

第二章 京都編

洛中洛外

　ひと頃、清水寺の貫主《かんす》に取材するため何度か京都を訪れていた。仕事の後は、いつもそそくさと東京に戻っていた。最後のインタビューを終えた日はちょうど昼だったこともあり、好物のニシン蕎麦を食べて帰ることにした。

　関西で麺と言えばあくまで饂飩《うどん》が主役であり、蕎麦のレベルは関東ほど高くはないというのが二〇数年東京に住んでの感想だ。

　ただし、ニシン蕎麦だけはやはり関西だろうという思い込みがある。しかも発祥の地、京都に来たのであれば、あの甘辛く煮たニシンと出汁とが一体となった蕎麦を味わわずに帰るのはもったいない。店を求めてタクシーで河原町まで出ることにした。

車窓から町を眺めつつ改めて気づいたのは、京都のランドマークである清水寺から見て繁華街はどの方角で、どれくらい離れているかについてまるで把握していないことだった。我ながら不思議だった。

両親は京都出身であり、祖父母を筆頭に親戚一同も住んでいるため、盆と正月の祭祀には必ず訪れる。また神戸から気軽に足を伸ばせるため、紅葉狩りに寺社巡りと行楽に訪れる機会も多かった。それにもかかわらず、一向に「勝手知ったる」とはならない。

思えば洛中の移動は車がほとんどで、いつも人と車でごった返す街の様子を書き割りのように眺めている内に目的地に着いた。自分なりのマーキングをしなかったせいで、町の様相を直感で把握しづらくなっているのかもしれない。

タクシーを降り、目星をつけた店に向かう。足で歩き、己の目の高さで町を捉え始めた途端に方向感覚がうまく働かなくなるのは、都心に来た際に起きるいつものことだ。今自分がどこにいるのかわからなくなり、ナビにガイドされても感覚のズレは埋められないままで心地悪さを感じる。ただ奇妙なことに洛中を離れるとその違和感は薄くなる。

近代以前に完璧に都市化された町は方形をしており、街路は碁盤の目に走っているのだから、これほど容易に地理を把握しやすい土地もないはずだ。

「四条大橋東入ル」や「大和大路四条上ル」といった古都の表記に馴染みがなく、これを空間に置き直して把握できないせいもあるかもしれない。番地のようなすらりとした数の羅列に合理性を覚える感性を育んだ身からは、洛中に限って用いられる記号に過剰さを覚え、つっかえるのだろう。

決まって不調に陥る訳について自分にそう言い聞かせはしても、「果たしてそれだけだろうか」と疑ってしまうのは、目的地に進んでいても自分の歩みは見当違いな方角に向いているという感覚が抜き難くあるからだ。この生理的な反応は土地に不慣れだからではなく、「慣れてはいけない」といった懐疑から生じているのではないか。そう思わざるをえないような胸騒ぎを伴っている。腹の空きと胸のつかえを覚え、歩みは不信感に満ちても、ナビの案内は正確に目当ての蕎麦屋に導いてくれた。

暖簾をくぐり、ニシン蕎麦を注文する。店内のテレビにしばらく見入っていると、八十路と思しき着物姿の女性が店に入って来、同じくニシン蕎麦を頼んだ。胸元のくつろぎ具合からして普段から着物を着ていると窺えた。艶めいた雰囲気に花柳界に関わる人だろうかとあれこれ想像していたら蕎麦が面前に置かれた。ニシンの甘露煮を半ば食べた頃合いで、老女も運ばれた蕎麦をすすり始める。

蕎麦を食べ終え、茶を飲んで一服していると老女はつと箸を止め、長らく勤めていると思しき貫禄を漂わせる年配の女性店員の、そのテレビに向けた顔の横あいから話しかけた。

「このお店もずいぶん変わりはりましたな」

店員はスッと向き直ると顔色ひとつ変えず「そうですかぁ？」とすぐさま返した。きな臭さの予兆もなく高度な神経戦の火蓋が切られていた。

味が落ちてまずくなった。そう指摘していることは見え見えではあっても、「変わった」という言葉自体には良いも悪いもない。だから、それに対し「まずくなったということですか」と、今時のコミュニケーションで重視される言葉の意味を確認するような「お気に召しませんでしたか？」といった正攻法で迫れば、「そないなことは言うてまへんえ」と返されるのが落ちだ。店員はとぼけることで間合いを外した。

老女の手練さが垣間見える仕掛け方と店員の電光石火のあしらいに感心した。と同時に二一世紀にもなって飽きもせずこういうコミュニケーションが行われていることに驚きもした。両者とも互いの本音はわかっている。だが、それはあくまでも裏のことであり、表にはおくびにも出さない。

明確に意味を手繰り寄せることを拒む言葉のやりとりを「文化」と名づけることはできても、真摯さに欠いているように思えてならない。そんな空気を共有したくはなかった。成り行きの一切を見届ける前に帳場で勘定を済ませると、「おおきに」と、件の店員の声を背に受け、私はそそくさと店を後にした。

意味があることを言いながら、それをぼかして意味がないかのような外見を装う。意味がないわけではないのは、それを無視して踏み込んだ途端、目に見えない壁が立ちはだかるからで、その按配がわからないのは「もっさい」「どんくさい」ということになる。そういうところに京都ならではの粘着した煩わしさを感じる。

そうして京都に抱く違和感の正体について思案している内に、なぜ洛外では方向感覚の狂いが薄まるのかわかった。何事も明白にはしないが、やりとりされている内容は暗黙のうちに明らかであるといった、煩瑣な文化の束縛が緩くなるからだ。

それは一方で化外《けがい》の地と目される視線を受け止めることでもあると気づくと、にわかに脳裏に鮮やかに蘇ったのは、小学生時分、母方の祖父の家を訪ねた際、タクシーに目的地まで行くのを拒否されたことだった。

祖父はAという町で大手電機メーカーの下請けの工場を経営していた。羽振りが良かったと見え、フォード・マスタングを乗り回すような派手好きな人だった。Aは工場とくすんだ壁を見せる公団住宅が立ち並び、全体が灰色がかっていた。道路は広いものの窪みがところどころに残り、雨が降れば水溜りはしつこく残った。後年、Aは「竹田の子守唄」の元唄に登場すると知った。

冬のある日、太秦《うずまさ》に屋敷を構える叔母と従姉妹、母と一緒に祖父の住むAを訪ねることになった。叔母も祖父に似て華美を好む人で、いつもは彼女の運転するベンツで出かけるところ、事情があってかタクシーを利用することになった。

「Aまでお願いします」と運転手に声をかけた後は、おしゃべり好きな叔母のリードで四人が乗り込んだ狭い車内もそうとは感じないままに過ごし、車が大通りから街区に入る道にハンドルを切り、もうしばらくで着くと思った途端、運転手は路肩に車を止めた。「これ以上、行きたくないからここで降りてくれ」とぞんざいな口の利き方で悪びれることもなく言い放った。予想もしなかった言い様に不意の平手打ちを見舞われたような格好となった。あまりの有無を言わせぬ彼の口ぶりに、最前まで花を咲かせていた話は接ぎ穂を見つけられず、興ざめの雰囲気の中に置き去りにされた。

手をあげても素通りされるといった、乗車拒否をされたことはあっても、告げた場所まで行きたくないと言われたのは初めてだった。叔母と母は顔を見合わせたものの仕方ないとでもいうように頷き、黙って運転手に金を払った。

タクシーはUターンした。それは早々にここから離れたい気持ちの表れのようにも見え、走り去る車を目の端に置きながら、私は叔母と母に交互に「どうしてタクシー降りないといけないの?」と尋ねた。

「降りてくれ」と言った時の後部座席から見た運転手の横顔を思い出せば、理由は聞くまでもないことだった。ただ「あの人はここを嫌いなのだ」とはわかっても、なぜそうまでして忌々しげな表情を隠すこともなく、この町のことを見るのかわからなかった。

子供に説明するには、込み入った事情があるのだという雰囲気を察してか、従姉妹は「あの人、いけずや」と言い、その言葉を待っていたかのように叔母は祖父の家に向けて歩き出した。ヒールの音が閑散とした界隈に響いた。

少し遅れてついていったのは、心がまだタクシーの去った場所に残っていたからだろう。毛皮を着ることが非難めいた目で見られることもなかった時代ではあっても、叔母の格好は明らかにこの町で浮いていた。

神戸で体得した「川の向こう」と同じ問題が京都にもあるのだと知った。タクシー運転手の反応からわかる通り、地図に記されることのない化外と都を分ける切れ目は不文律でありながら明確でもあった。

あちらとこちらについて、嗜みの上から誰もはっきりとは言わない。ただ何とはなしに了解されているのは、「千年の都」や「雅な風情」という文言を疑いもせず、それを文化や誇りの源泉として扱う人の手際が「明確に意味を手繰り寄せることを拒む言葉のやりとり」を行う暮らしの中で育まれ、洗練されてもいるからだ。

境界は無形ではあっても確かに存在する。だから、それを踏み越えるとたちまち「ここで降りてくれ」と、あちらに追いやられる。

いつしか京都を旧蹟や由緒、伝統から測るのではなく、こちらの在所を超えた先の向こうに見える風景として捉えるようになった。私が洛中に感じる生理的な相容れなさは、これらの体験と深く関わっている。

さらに長じて気づいたのは、古都の優美と当世喧伝される文化は、ある不在を前提に成り立っていることだった。生まれながらにして貴い「人ならぬ人」がかつて京都の中心にいたのならば、その周縁には生まれながらにして賤しい「人とされぬ人」が配置されたということだ。思えば半島から流れ着いた一族も京都の外縁から生活を始めたのだった。

路地

二〇余年住んだ東京の半ばを千駄木で過ごした。私の住んでいたマンションは細く狭い大給坂を登りきったところにあった。地元にもあまり知られていないこの坂をタモリが好きだという。なかなかにシブい。

谷中銀座まで買い物へ出かける時は、下り坂の勾配でついた歩みの勢いを止めず、そのまま惰性に任せて行けば行き着く。『ミシュラン』で取り上げられてからというもの下町情緒を感じられる「路地」の残る町として、以前に増して海外から観光客が押し寄せるようになった。訪れた人たちは路地を見つけてはしきりと写真を撮り、そこにネコがいようものなら決まって歓声をあげた。そんなひと頃が確かにあった。

千駄木に住み始めてから谷中、千駄木、根津のいわゆる谷根千をよく散歩するようになった。暗渠《あんきょ》にされた川の名残を律儀になぞる曲がりくねった蛇道や入り組んだ道を歩きながら、新たにできた東欧の小物を扱う雑貨店やベーグルの店を見つけつつ、この辺りをきっと鷗外や漱石、らいてうも歩いたかしらと想像するのは楽しいひと時であった。

散策中に家屋の隙間を縫うようにして砂利や飛び石の敷かれた路地に出くわす。そういう機会を重ねるに従い、「なるほど。路地はけっこうなものだな」と思うようになった。道なのか生活空間なのかよくわからない何かが都会の真ん中でぽっかりと口を開けている。誘われるままに路地をすり抜けると見知った道に唐突に繋がる。目の前にある建物や道路はいつも通りの澄ました顔を装っているような、慣れた景色が違って見えることがおもしろく、千駄木の暮らしで私の中の路地の印象がすっかり塗り替えられた。

ここでの路地はあくまで「ろじ」と発音する。京言葉では「ろおじ」である。私に巣食っていた「ろおじ」の記憶は暗くじめついている。

生まれて間もなくと三歳の二回ほど、京都に住む父方の長兄にそれぞれ半年ばかり預けられた。先述した通り、難病を患う母が入院したためだ。近くに祖母も住んでおり、しばしば彼女によって私は連れ去られた。祖母はたくさんいる孫の中で私を異様に可愛がった。

丘上の叔父宅を下り、大通りを斜交《はすか》いに横切ってしばらく歩いたところに祖母は住んでいた。彼女がソウルから京都へ移り住んで以来、根を下ろした界隈の住所には「大路」の名がついている。都の内を思わせはしても御土居の外であり、ここはかつてならば洛外、鬼の棲む異界であったろう。近くに処刑場や風葬に選ばれた地があるのも頷ける。

母の退院後は実家の神戸に戻ったものの、盆と正月に祖母のもとを訪ねなければならないのは気の滅入ることだった。路地は暗く、雨が降ってもいないのに常にじめじめとしていたからだ。

アパートの向かいの道に沿って、痘痕《あばた》のようにところどころがえぐれたブロック塀が並んでおり、その向こうに見える建物の荒れた様子からてっきり監獄か廃墟だと思っていた。後に大学だと知ったものの、にわかに信じ難かったのはまるで人の気配はなく窓はところどころ破れていたからだ。

羅城の内と外であるとか化外の地といった区分けをもちろん幼い時分は知らない。がしかし、物心ついた頃には祖母の住む地の閑静とは言い難い、妙に静まりかえった様子に胸のざわつきを覚えていたのは確かだ。森閑としているのに何やらうるさい、蠢《うごめ》くような気配。長じてから私の感じるものを「念」と呼ぶと知った。ともかく腰を落ち着けることを厭わせる何かを感じていた。

加えて祖母のもとを訪れるのが億劫だったのは、世間によくある嫁姑の陰険な争いの板挟みになるからだ。祖母と親しげにすると母の機嫌が悪くなり、反対に祖母を無視すると父が不穏になる。

　別れ際、祖母は決まって仏壇に供えていた干菓子を取りあげると「食べろ」と差し出す。狭い部屋の一角を占める仏壇に灯る蠟燭の炎に煽られ、その奥に見える金色の仏画はぬめぬめと不気味に光っていた。湿気って抹香臭い菓子には、いろんな思いが絡まっているようで、受け取るのが嫌でたまらなかった。

　数年前の春、祖母の住んでいた地を再訪してみたところ、かつてのトイレと台所を共用とした安普請のアパートは掻き消え、すらっとした外観のマンションに建て替えられていた。大学は見違えるように小ぎれいな格好になっており、華やかなキャンパスそのものといった学生たちの笑いさざめく声が聞こえて来た。細い路地は拡張され、かつて感じていた気配は名残を感じる程度に薄まっていた。

　記憶に任せて周囲を歩き始めると市営団地に行き着いた。その一階に野菜や日用品を扱う雑貨店を見つけた時、ここに字が読めない祖母の代わりに干菓子や蕎麦ボーロを何度か買いに来たことが不意に想い起こされた。そうなると向かいには、祖母に手を引かれて行った銭湯があったはずだ。道路を渡ると確かにあった。だが、そこで初めて知ったのは銭湯というのは私の思い込みで、市立浴場であったことだ。

　浴場施設の入り口付近の壁には、「同和対策事業として近辺に建設された『改良住宅』に風呂はなく、市が公衆衛生向上のため設置したのだ」と書かれた看板が貼ってあった。ところどころ文字の薄くなった表示を読んでいくと、父が酒を飲んだ時や幼い時分に満足に食べられなかった甘いものを頬張っている際、やおら彼が生まれ育った、この浴場からそう遠くない祖母のいた路地について話し始めたことを思い出す。

「俺が生まれたところは部落と朝鮮人部落が隣り合っていて、雨が降ったら地面がぬかるんでしまうような、どうしようもないところだった。便所は共同で、雨の日は特にひどい。とにかく貧乏人の掃き溜めだ。中でもうちは貧乏だったから家に壁なんかなかった。おまえたちには想像もできないだろう」

父が前触れもなく話す思い出のことごとくには沈鬱さ、垢じみた暮らしの風合いしか見当たらない。「豊かな暮らしができるようになって良かった」と現状を肯定する話に繋がるでもない。地を這う生活とは「貧しくも明るい」といった屈託のなさと無縁なことだけはわかった。

薄い板でこしらえた粗末な家屋に壁がないというのも外との仕切りは障子のみだからで、六畳一間に八人が暮らした。底冷えのする京都の冬であっても暖房はない。唯一の暖は布団にくるまることだけだった。床につけば身じろぎひとつできなかったのは、動けば隙間から冷たい風が入るからだ。まんじりともしない夜に寝返りを打つと、父はよく「寒い」と言われ長兄に殴られたという。

祖父はアルコールが原因で早々に亡くなっており、一家に安定した収入はなく、当然ながら食事が日に三度あるわけではなかった。空きっ腹を手っ取り早く満たすには、水を飲むしかないといった有様だ。

おまけに食事にありつけたとしても祖母は元来料理ができない人であった。後年、その訳がわかるのだが、ともかく魚を焼くにも塩梅《あんばい》がわからず、炭になるほど焦がすのは当たり前。味噌汁を作るといつまで経っても減ることはなかった。食べた分だけ水を足すからだ。料理を味わうとは無縁のそんな食事は、祖母が密造酒を作ることでまかなっていた。けれども、具のほとんどない、水のような味噌汁とわずかな魚を取り合うのだ。食べ盛りの腹がくちくなりようもない。飢えた子供たちは鉄くずや瓶を拾っては小遣い稼ぎに精を出した。末の叔父は送電線の銅線をぶった切り、銅の雨樋を剝がすといった悪童ぶりも発揮したという。

法や社会が自分たちを守ってくれるわけではない。ならば己が生きていくことを実力で確保するしかない。叔父はそう心に誓うまでもなく、それ以外には生き抜くことができないと実践で学んでいたのだろう。

実地の体験は教えてくれる。世間とはそれに則り、従うものではなく、サバイブすべき領域なのだと。たとえば父は在学していた高校の教師から「朝鮮人が雇ってもらえるわけないだろ」と、社会に出る前から正業に就けないことを知らされ、就職の世話はしてもらえなかった。社会の成員とはみなされていなかったわけだ。

路地の外の人間が「まとも」と思っている生き方はここではできないし、期待もされていない。その境遇を嘆いたところで飯は食えないことだけははっきりしていた。

叔父のように法を逸脱するのも厭わない徹頭徹尾のリアルさを、かつては王威の及ばぬ地にふさわしい振る舞いだとつい思ってしまうのは、私が飽食暖衣の暮らしを経てきたからだ。叔父にとってはロマンティックな幻想など抱きようのない、吹きっさらしの現実でしかなかったろう。

貧乏長屋というよりは貧民窟と呼ぶほうがふさわしい路地に住むものたちは日々生き抜いているだけで、そのやり繰りを仕事と思っていなかったかもしれない。男も女もバタ屋と呼ばれる廃品や襤褸の回収、飴売り、土工で日銭を稼いでいた。父も西陣の染物屋に出入りしたり、飴を作る小さな工場で手間賃を得た。作業はその味ほど甘いものではなかった。ともかく熱い内に伸ばさないといけない。作業は汗だくになりながらの手のひらの火傷を必須とするものであり、重労働だったという。

体を使ってのきつい仕事から大人たちが寝ぐらに帰ってくると、まず求めるのは酒だった。祖母は彼や彼女らにマッコリを売っていた。だが、せっかく作った酒も時に警察が手入れでやって来、甕《かめ》を見つけると手当たり次第に割っていったそうだ。きっと祖母のことだろうから地を叩いて抗議し、かき口説いたことだろう。

祖母に限らず路地に住む人たちは激高する場面では怒声を放ち、喜びには快哉を叫び、悲しい時は身を震わせて泣いた。感じるところを隠すのを品とするような、都の雅さと無縁だった。父はそうした慎みとは無縁の剝き出しさ加減を文化の低さとして捉え、次第に嫌悪するようになっていた。

ある日、男たちが路地に一頭の牛を運び込んだ。どういう経緯で手に入れたのかわからない。ともかく白昼、路上で牛が屠《ほふ》られた。帳《とばり》の落ち始めた夕刻から宴が始まり、じめついた路地の方々で熾こされたカンテキの火が辺りを赤々と照らし、肉の脂で唇をぬらぬらと濡らした男たちは酒がまわり始めると例のごとく賭場を開き始めた。

たらふく肉を食うという滅多にない馳走と酒で有頂天になり、博打で興奮する人たち。私は遣る瀬ない暮らしの憂さ晴らしをそこに見るのだが、父は自堕落と放埒さ、人間の底の生活をはっきりと見て取ったようだ。

父の話はいつも断片的ではあっても、この日の出来事を伝える情景は私の中にひどく余韻を残すものとなった。ありありと路地の様子が想像される。酒でだらしなく酔いつぶれる人たちや博打に興じる人たちのその日暮らしの当て所のなさを悲しく感じている父が伝わってくる。

現実を変えようとしない人たちへの失望。変えられない現実があることに対して立ち尽くすことしかできなかった、無力だった少年時代の彼の面影が赤々と熾こった炭火に照らされて見えるような気がするのだ。

ソウル

母が亡くなって半年後の一九八八年初夏、祖母が逝った。

私はなぜか喪主である叔父の家に早く着くのを厭い、地下鉄を使わず河原町駅から一時間ほどかけて歩いて向かった。道中、思い出すのは母と祖母の互いに面と向かって悪罵を浴びせるわけではないものの、法事などで顔を合わせての二言三言のやりとりは、刃の交叉にも似て火花が散るようであったことだ。決定打を許さないせめぎ合う間柄であったから、好敵手を失ったことによる気落ちが彼女の死期を早めたものか。

棺に納められた、蠟のような祖母の顔を見ると、幼い時分は会うと決まって顔を撫ぜまわされた挙句、頰ずりせんばかりに密着を求められた時の感触が蘇る。ずいぶんな可愛がられように素直に身を預けられなかったのは、すぐ近くに控える母の不穏な様子を目の端で捉えていたからだ。前門の虎、後門の狼ではあったが、それぞれから受けるストレスには違いがあった。

母から受ける圧は、「姑におもねてはならない」という厳命を含んだ無言のメッセージで、祖母からのそれはあまりにお構いなしに近づく距離感のなさもさることながら、彼女の話す言葉をうまく理解できず、混乱したことも一因としてあった。

祖母が私に話しかけていることはわかる。しかし、それは私の使っている言葉と少しズレているようでもあり、耳を傾けても聞くそばから言葉がこぼれ落ちていくような、手を伸ばしても空を切り、意味のまとまりとして摑めないような心持ちになった。祖母の話す言葉は私にとっては常に亜脱臼している感覚をもたらした。

幼い頃は、自分の話している言葉を「日本語」として明確に認識することなどなかった。「日本」や「言語」という概念も知らず、言葉はただ身の内から溢れる音の連なりでしかなく、自然と湧き出て来るものであった。だが祖母の話す「日本語」は私のしゃべる普通の言葉とは明らかに違っていた。京言葉でもなかった。

それは日本語であって日本語ではないような、不思議な調べだった。やがて賢《さか》しらにもいっぱしにものを述べるような年齢になると、韓国語の抑揚が日本語を浸しており、それが私にとっては意味を捕まえにくい、わかりにくさになっているのだと知った。そうした理解を私に可能にさせるほどの小利口さは、同時に祖母の話す日本語を「真っ当ではない言葉」だと、標準から比べて低く見るようになった。

クレオール言語の存在もまだ知らなかっただけではない。彼女の話す言葉を亜流と決めつけたのは、いつも床に座る時は立て膝をついていた祖母の口から発せられる日本語がひどくぞんざいで野蛮に感じられたからだ。

　時と場合に応じて言葉の丈が伸び縮みすれば柔和さや丁寧さに変わるものの、祖母の言葉はいつもぶっきらぼうで、ひどくささくれていた。お腹が減っているかどうかをまず相手に尋ねる前に「食べろ」と言い、訪う人に「どなたですか？」ではなく「誰や」と粗い言葉で応じる。

　父が路地の住人をそう見たように、私が次第に祖母に「文化の低さ」を認めたのはものの言い方だけではなかった。祖母は文字が読めず、書けず、料理と呼べるものは満足にできず、魚は焦がし、味噌汁は湯に味噌を溶くだけのもの。感情のうち怒りが大いに発達しており、抑えが効かず周囲とうまく関係を取り結べない。すべてが低調に思えた。

　それでいて父に言わせると祖母は「お嬢さん」だったという。長らく嘘だと思っていた。祖母の死から数年後、叔父に話を聞く機会があった。そこで私は彼女の振る舞いの上辺をなぞるだけで何ひとつ見てもいなければ、聞いてもいなかったことを思い知る。彼女は確かにソウルで育った「お嬢さん」だった。

　いつもそばにいて当然であるがゆえに、誰しも親兄弟について改めて知ろうとする機会などあまりないだろう。叔父も同じく、実母がいることが明白な以上、いつ生まれどのように青春を過ごしたかなどあえて聞くこともなかった。

　ただ彼女が切れ切れに話す半生や持ち合わせた写真、戦後になってソウルに住む親族と交わし始めたやりとりからわかったのは、祖母は日本の統治時代の朝鮮で女学校に通っており、街に買い物に出る時は必ずお付きの者がいたというような暮らしをしていたことだった。

戦前、日本人でも女学校に通う子女は限られており、それを可能にするような層は家に使用人を置くのも当然であった。叔父に見せられた祖母の遺品の中の写真には、親族の警察官の姿が映っており、植民地経営の支配側に与したのは明白だった。

祖母の実家は同時代の朝鮮のエスタブリッシュメントで、それなりの文化資本があった。そこで不意に思い出したのは一九八一年、家族で韓国に旅行した際、ソウルに住む大叔母を訪ねた時のことだ。

日本でいうと古民家にあたる、伝統的な様式で造られた家屋の少しそった屋根は瓦で葺かれており、もとは木であったところが鉄扉に変えられた門をくぐると中庭が広がっていた。そこにキムチを漬けるのであろう大きな甕がいくつも置かれていた。庭に面した廊下に姿を現した大叔母は祖母の妹だけあって容貌は驚くほど似てはいたものの、祖母のように険のある表情はなく、ゆったりとした歩き方や微笑む様は品を感じさせ、とても好ましく思った。

「こんにちは」

その後にどんな言葉が続いたのか覚えていない。しかし、私は今になってなお、あれほどきれいな日本語を耳にしたことがない。そのことだけは記憶に鮮やかだ。

　山の手言葉の雰囲気を持った、韓国語の訛りのない日本語は、もともとの彼女の涼やかな声音もあって耳に心地良かった。藤色のきれいなスカートを履いた大叔母が床に座る際の、立て膝をついた格好はいよいよ祖母に瓜ふたつで、似通った人物がまったく異なる佇まいであることにひどく困惑した。あまりに落差があったことで、祖母もまた良家の出であることに考えがついぞ及ばなかった。

　姉妹は揃って女学校に通っていた。教養もあり上品な大叔母はありえたかもしれない祖母の姿ではなかったろうか。そう思い至ると、彼女が煮炊きのできないのも納得できた。炊事は彼女ではなく家中の人間がするものだった。

　では、女学校に通っていたにもかかわらず、どうして文字の読み書きができなかったのか？と叔父に尋ねてはみたものの、発したその疑問を追い越すように、なぜ「文字」を日本語に限定しているのかと質す気持ちになり、私は自分の迂闊さを嘲笑った。

　叔父はいう。

「おばあさんはね、不良少女だったんよ。勉強が嫌いで、ある日学校帰りに教科書を全部川に投げ捨てた。それで、このままだと叱られると思って家出したらしい」

　家出した先が日本だったという。出奔した時期はおそらく一九三〇年に差し掛かる頃というだけで、はっきりした年月はわからない。

ソウルから京都へは関釜連絡船と鉄路を継いで一〇〇〇キロあまり。一〇代の少女が軽はずみにも独行したにしては、叔父の詳細を欠いた説明との隔たりはあまりに大きい。玄界灘を往来する人は多く、内地に定住していた誰かを頼って来たはずだが、今となってはソウルを去った本当の動機や顚末を知るものはいない。

確かなのは、祖母は日本語の読み書きが身につかないまま出奔し、実家におれば裕福な暮らしができたものを、日本にやって来てから経験しなくていい辛酸を舐めたことだ。加えてソウルであれば身分違いとして結婚などできなかった、貧農出身の祖父と京都で家庭を持った。

祖父についてはさらに祖母よりも人となりを伝える話は断片的だ。文盲だったのか。あるいはそんな暇などなかったのか。日記を綴っていたわけでもない。職業名のつくような仕事をしておらず、肉体労働で日銭を稼いでいた。憂さを晴らすべく飲んでいた酒に溺れ、メチルアルコールにも手を出していた。祖父の流浪の物語の最後は、父によるとこうなる。「物心ついた頃には、親父はもう親父ではなかった」。人格としてのまとまりはとうの昔に破綻していた。

界隈を徘徊し、糞尿を漏らす祖父を舌打ちして咎め、打擲する祖母の姿を父は惨《むご》い記憶として話したことがある。

戦況は日に日に悪化し、やがて京都も爆撃にさらされるという噂を聞き及び、子供を連れて福井へ疎開することにした。ツテをたどって家を借りられたものの、引越しを済ませたその日に大家になけなしの家財道具を表に放り出された。朝鮮人に貸す家はないという理由だった。

寡婦になった祖母の流離は京都に再び居を定めても終わることはなかった。日々のたつきを得る方法が定まらない中、決して安住することなど叶わなかったからだ。どのようにして一家が生き延びたのかわからない。はっきりしているのは、再び京都へ戻ってからの七人の子供を抱えた暮らしの貧寒《ひんかん》は凄まじかったことで、かろうじて明らかなのは、配給も望めない戦後の物資の欠乏した時代に祖母は占いをしていたことだ。正しくは占いを生業にせざるを得なくなった。

叔父は躊躇いがちに話し出す。

「占いをしてお金を稼いでいたんよ。僕らにはようわからんけれど、ある日突然、〝神様の声が聞こえる〟というてね……。包丁を手に持って踊って、最後にそれを投げるんよ。その時は〝危ない〟って、周りが叫んで、僕らは逃げたわ」

祖母の狭い部屋の一角を占める仏壇の奥に掲げられた、いつも蠟燭に照らされて光っていた金色の仏画を思い出す。あれは大日如来ではなかったか。

仏壇に手を合わせる祖母は仏への帰依よりも、仏を借りて念を増幅させるような、どこか呪《まじない》といった、禍々しくて直視できないような雰囲気を漂わせていた。
雅な暮らしから遠く離れた京都の地で、祖母は初老を迎えるあたりに突如、神憑《かみがか》りとなった。彼の地ではそれを「降神巫」と呼ぶ。

巫祝

貧しさにひしがれ、時代の変転に翻弄されて生きる中、祖母はある日突然「神様の声が聞こえる」と言い、神憑りになった。その「気が触れた」顚末を知って、真っ先に思い浮かべたのは戦前の世相を揺るがした新宗教「大本《おおもと》」の開祖となった出口なおだった。曰く言い難い面妖な容貌はどことなく祖母と似ている。

「三千世界一度に開く梅の花　艮《うしとら》の金神《こんじん》の世に成りたぞよ。(略) 三千世界の立替え立直しを致すぞよ」

出口なおは一八九二年、京都は綾部での打ち続く極貧生活の果てに神憑りとなって、この「お筆先」を書きつけた。祟り神である艮の金神のお告げを膨大に記した彼女であったが、自身は目に一丁字もなかった。

大本は昭和初期に約八〇〇万人の信徒を従えたと言い、民衆から知識人、高級官僚、軍人まで絶大な影響を与えた。しかしながら身の内に胚胎した「立替え立直し」という革命思想ゆえに天皇制と鋭く対峙し、やがて治安維持法や不敬罪違反による苛烈な弾圧を二度に渡り受けた。亀岡の教団本部は当局によりダイナマイトで爆破されるなど、微塵も痕跡を残すまいという国家の意思のもと徹底的に破却された。

神憑りになった出口なおの言葉にすがり、助けを求める人も地元の京都であれば多かったかもしれないし、祖母も噂くらいは耳にしたかもしれない。それにしても当時の日本でなぜ大本が圧倒的な支持を得たのか。

明治の一新以降、国家は近代化をひたすら推し進め、欧米列強に追いつくべく国威の伸長に邁進し、日露戦争では多大な犠牲を払い、すんでのところで勝利を得た。一等国に肩を並べたと快哉を叫んでも、文明開化を急ぐ歩調は貧しさに喘ぐ人を置いてけぼりにしていた。社会の矛盾には手をつけず、それでいて一等国民に胡坐《あぐら》をかいた物言いは日に日に増上慢になる。そうした世相について、漱石は滅びの予兆を早々に感じており『三四郎』でその様を記している。

しかし、中には気持ちと体の乖離に気づく人もいた。これが望んだ世であったか。ひたすら前進する国家と一心になる上で有用だった天皇と臣民というストーリーもいささか褪色の兆しも見え始めたのが、明治も中盤を超えてからだったろうか。表には現すことのできない、憤懣と不安を覚える声が階級を超えて日本を覆い始めていた時代に祟り神は、出口なおを呼んだのかもしれない。

祖母は、むろん出口なおの霊力と比ぶべくもない。祖母の言う「神様」とはどういう存在だったのかわからない。「建て替え立て直し」の行われることのなかった帝国に「併合」された半島を出て、列島に辿り着き、当て所のない暮らしの手に負えなさと蔑みの眼差しに囲まれ、行き場のなくなった末に気が触れた彼女に神は何を告げたのか。私は知らない。

その後、祖母は朝鮮から流れ着いて、桂川のほとりで巫祝《ふしゅく》を行い、同胞のよろず相談や吉凶を占っている師を見つけ、その人のもとに日参し、巫堂《ムーダン》としての修練を積んだ。気分の移ろいやすい、他人の指示に容易に従わない祖母が誰かの言うことを聞いていたとは驚きだが、自分の中に宿った力に対するひとかたならぬ関心があったものと見える。彼女の中の衝動は止むに止まれぬ気持ちを高まらせるほどのものだったのだろう。

官憲の目を盗んでの酒造りと占いによる日銭稼ぎがいつまで続けられたのか判然としない。ただ戦後の混乱期が収まり始めると、祖母の息子たちは狐狸《こり》の類、迷信に見える彼女の行為を次第に恥ずかしいものと感じ始めていたようだ。

私は神懸かりとなった「かんなぎ」の様子を直に見たことがない。映像で見る限り、巫堂は短刀を両手に持ち、刃を閃かせて打ち鳴らされる太鼓や銅鑼に合わせて旋舞し、エクスタシーに達した瞬間、刀を投げつける。この刀を先述したように祖母は包丁で代用していた。

かつては雨が降ればぬかるんだ道もアスファルトで舗装された。障子で仕切られたあばら家から安普請のアパートではあっても、雨露しのぐには比べものにならない住まいに移ると、貧寒の中では映えた呪術も次第に整備され、現代風な住居が立ち並び始めた空間には場違いに見えてきた。外聞を憚ってか、息子たちは止めるように諭したものの、素直に従ったわけではなかった。幼い頃、叔父が祖母に「もういい加減にしたらどうや」と言っていたのを耳にした。今にして思えば、あれは祈禱のことだったのだ。身近な人からの依頼には応えていたようだ。

私はと言えば、そうして祖母を諌める親族が法事の際に行う儒式での祭祀を毛嫌いしており、それこそ「こんなことを続ける気持ちがわからない。もうよせばいいものを」と、未開の地の蛮習のように思っていた。高度経済成長の只中を走る神戸のモダンな暮らしの中では、京都の親族一同が額を地につけ拝礼する様は見ていられないものだった。ましてそれに参加できるものは男のみで、女たちは厨房で祭祀後の食事の準備に忙しい。その様に文明の遅れを見た。儒教も巫祝も共に潰え去って構わない遅れた風俗でしかなかった。実にいけ好かない童であったと思う。

先日、世界各地に伝わる拝礼の仕方のひとつとして儒式の叩頭三拝《こうとうさんぱい》を披露する機会があった。最後に祭祀を行って三〇年近く経つが、やってみるとスッとその形に入れたことに驚いた。習い覚えた習俗を体は忘れていなかったのだと気づくと、間もなく半世紀を迎えるこれまでの暮らしが思い起こされた。私の身についた所作は親族が考案したのではなく、その祖先から脈々と継がれてきた。それが体の記憶として自分の中にもあると知ると、否が応でも私に至るまでの流れ、ルーツに思いを馳せるようになってきた。それを知る上で祖母はキーパーソンのひとりだ。女学校に通い、近代化に浴していたはずの良家の子女の行き着いた果ては、なぜ巫堂だったのか。その己の来し方を彼女はどう捉えていたのか。

孫に言葉で語って聞かせるには、あの独特の抑揚ある日本語では溢れる思いは託しきれないだろう。どこから来てどこへ向かっての八〇年余の旅路だったのか。それでも言葉で尽くそうと思えば、同じく八〇年余を費やさないといけないだろう。

けれども肩を動かさず手先から動き、次第に旋回の度を増して神を憑依させ、お告げを行う「クッ」という巫祝をこの目で見たならば、それが彼女を物語る上でいちばんふさわしいことではなかったかと思うのだ。

第三章 大阪編

大阪との邂逅、一九八九年

「大阪の人間で太閤が嫌いっちゅうのはモグリやで」と言ったのは、私が文章の師と慕う、ふた回りほど年かさの作家のKさんだ。知り合って二〇年以上経つ。自宅にお邪魔すると、「東京にはうまい店がないやろ」と決まってお好み焼きを作ってくれる。手伝おうとすると「ええから座って」と椅子を勧められる。一〇〇円ショップで揃えたキッチンツールを利用して整頓された台所に立ち、袖をまくって仕込みを始める姿に「お好み焼きづくりは自分の仕事なのだ」といった自負を垣間見る。

粉は少なめ。そこに山芋をすりおろす。キャベツと豚肉、イカ、揚げ玉といった定番の具に加えて、干しエビ、紅ショウガ、スルメ、竹輪、こんにゃくを刻んで入れる。「神戸だとスジ肉を入れるんですよ」と言えば、「あんなもんは邪道や」と返す。むろんマヨネーズをかけて食べるなどもっての外だ。

師匠のお宅は「キューポラのある街」で知られた界隈にあり、以前は鋳物工場が周囲に立ち並んでいた。二〇年の歳月は工場を軒並みタワーマンションに変えた。場末感の漂っていた駅前もにわかにかしこまった顔つきを見せるようになっている。変わらないのはKさんの家と自宅の真ん前にある柿の木だけだ。

お好み焼きを食べながら「広島風お好み焼きとは、大阪のお好み焼きのエピゴーネンである」との高説を拝聴していたところ、そこから「大阪の骨頂とは何であるか」の話が熱を帯び、しかしその後の展開は意外にも大きく逸れて、かつて私の実家で飼っていた犬の名が「秀吉」だという話題に脱線した。その挙句が先の「モグリ」発言であった。

太閤とは言わずと知れた豊臣秀吉であり、「モグリ」の言い様には、「大阪人であれば吉本新喜劇のギャグのひとつやふたつはそらで言えるし、ズッコケるという集団芸もできて当たり前やし、それからしたら狸親父の家康なんかに比べるまでもなく絶対に秀吉やろ」という調子が潜んでいた。

ひとりマヨネーズをかけたお好み焼きを食べながら、「僕の地元は神戸ですよ」と冷静に言えば「神戸の人間は何や言うたら大阪と一緒にされるのを嫌がるから鼻持ちならんなぁ」といった表情をすると、「関西人やったら大抵そうや」と言い直した。

Kさんは猪飼野《いかいの》という現在は地名としては残っていない、在日コリアンの集住地域に生まれた。一キロ四方に一万人がひしめき合って暮らしていたという。

それにしても秀吉といえば、文禄・慶長の役を起こした張本人であり、朝鮮半島に災厄をもたらした武将である。「太閤さん」と親しげに呼ぶ際の、大阪人が秀吉に抱く派手好きで陽気なイメージと正反対だ。ならば在日コリアンが秀吉に肩入れするのは、道理からするとおかしいが、理屈そのまま生きている人間などいるわけもない。

師匠の子供の頃を想う。今時のようにアニメや漫画のキャラクターが幅を利かせていなかった時代は、古今東西の武勇伝や敵討ち、軍記物といった講談を下敷きにした話が身近にあった。猪飼野の路地の子供らを集めた紙芝居、加えてラジオ放送や寄席での講談で「真田十勇士」の活躍を見聞きしたことは想像に難くない。徳川勢を翻弄する真田幸村をはじめとした豊臣方の働きに、やんやの喝采を送りもしたろう。

まして幸村が奮戦した真田山は猪飼野からそう遠くない。豊臣家がかつて何をしたかはさておき、獅子奮迅、勇猛果敢、神出鬼没の英雄の活躍はいつだって子供らの胸を踊らせる。

だがしかし、彼らを取り巻く世の中は高まる胸を塞いだ。

在日コリアンは戦後日本において、社会の構成員として表立って数えられてはこなかった。

むしろ失業率の高さから社会不穏の温床と見做されていた。貧困に喘いでいたからこそ一九五九年から始まる北朝鮮への「帰国事業」では、開始から三年で約七万人が海を渡った。短期間に資本主義国から社会主義国へと大量に移動した例など他にないだろう。以降、一九八四年まで続く事業で約一〇万人の在日コリアンと二〇〇〇人の日本人妻が海を越えた。

在日コリアンの出身地はほとんど半島南部であり、彼ら彼女らは故郷でもない地へと「帰国」した。日本政府は人道主義の見地から、この事業を推進していた。その背景には植民地時代に労働力不足から連行、徴用したことで内地に定住し、今や情勢不安の要因となっている異民族を安価な費用で送り返せるという意図があったことは見逃せない。

Kさんの周りにも北に渡った人がいる。猪飼野の界隈の子供たちは貧しさと差別と犯罪が手を携える環境で身悶えせざるをえなかったし、そこから脱して生きることは容易ではなかった。学歴をつけて社会的地位を上昇しようとしても、私学の面接では「あちらの方は……」と入学金に加えて多額の寄付を言外に求められた時代だ。

出自を誇ることは、金にもならなければ腹の足しにもならない。近所のゴンタクレと遊び、つるむことは時に他のグループとの諍いと不可避であったから、何にせよ実力をつけなくてはならなかった。その際に必要な喧嘩の口上、地口を混ぜた駆け引き、そうした生き延びる術は得体の知れない「民族性」ではなく、モグリではない真性の大阪人の度合いを高めることによってもたらされたのではなかったか。

私にはKさんのように、生活が必然的に擦り傷を伴うような経験はない。専横な君主よろしく家庭を支配する父との暮らしに戦々恐々とするだけで、世の中とは直接対峙しないでいられた。そんな中、「ペットが欲しい」と兄がねだったのは、殺伐とした家の中に潤いをもたらしたかったのかもしれない。ともかく近所に分けてもらった犬に秀吉とつけたのは兄だ。

柴犬の血をひきながら、らしからぬふさふさした毛並みでチャウチャウ犬とよく間違えられた秀吉は、結局のところ私や兄にはあまり懐かなかった。兄弟同様に父を恐れること甚だしく、命令に絶対的に従い、寡黙すぎる父に似てほとんど吠えなかった。感情表現の乏しさも父にそっくりだった。

どうして兄が秀吉と名づけたのはわからない。それほど秀吉が好きだったのか？　心当たりがあるのは童友社「日本の名城シリーズ」の「大阪城」のプラモデルを作っていたくらいのものだ。

とは言え、近畿には「アンチ家康の秀吉びいき」転じて「アンチ東京」という空気は現在でもあるし、当時はなおさらだった。それは藤本義一や上岡龍太郎、やしきたかじんへと綿々と引き継がれている「大阪帝国主義」のテーゼからすればゆるがせにできないものだろう。それに兄も感染していたのかもしれない。

私は、秀吉のことを別に好きではない。ただ、幼い頃から城に興味を抱いていたせいで、自分なりの審美からすると徳川期の大坂城のなりは巨大で押し出しは立派であってもスクエアでおもしろみがない。比べて豊臣期の曲輪《くるわ》のつくりもちまちまとした縄張りと漆塗りの下見張りを施した天守閣は非常に好みだった。

それに大坂夏の陣における木村重成の、死地に臨んで兜に香を薫きしめた逸話といい、華々しく散った様に密かに涙したこともあるので、秀吉に思い入れはなくとも城を枕に討死の顛末についてのみ言えば、関東勢よりは上方に味方したくなる。

それにしても木村重成の奮戦もどこで知ったのかよく覚えていない。知らぬ間に備わってしまうものが郷土への愛着のように、こうして身びいきが体感から醸成されていくのかもしれない。けれども、隣県に住んではいたが、秀吉はおろか大阪への親近感はまるでなかった。

実家のある神戸の岡本駅から大阪梅田駅まで、阪急に乗れば当時はまだ特急は岡本を通過したものの、西宮北口で乗り換えると二〇分強で着けた。それくらい近いはずの大阪だが、自分ひとりで足を踏み入れたのは一九八八年で、それもせいぜいが予備校のあった梅田界隈でしかなかった。そこから先に足を伸ばしたのは、大学生になった一九八九年だった。週に一度、大阪へ行くという用事ができたせいだ。

大学に入り恋人ができ、彼女はこれまた在日コリアンの集住する鶴橋の近くで暮らし、地元の小学校で週末にボランティアの講師をしていた。それに誘われた。

土地柄、在日コリアンの児童は多い。子供たちは普通に暮らす限り、日本名を名乗り日本語を学び、日本語で考えてと普通の日本人と変わりない。そんな暮らしでは、ある日、突然「日本人ではない」と告げられても困惑する。日本人以外の何者かとしての拠り所がなければ、自尊心も自信も身につかない。そのことに危機感を覚えた保護者や教員らの有志が集い、民族文化との触れ合いを促す「民族学級」というクラスが土曜日の午後に設けられることになった。それに私も講師として関わることになったのだ。

しかしながら、私は朝鮮半島の歴史に疎く、言葉も話せない。何を教えることもできない。ともかく子供たちの遊び相手になってくれたらいいというので、引き受けることにした。

一九八九年四月、初めて大阪環状線に乗った。窓外の風景の全体として灰色の占める割合の多さに驚いた。阪急線から望む山の緑との落差が激しかった。気がつくと「次は玉造駅」のアナウンスに「ここに細川ガラシャが最期を遂げた屋敷があったのか」と感慨に耽っても、それに呼応する眺めがあるわけでもなく、小さな建物が狭い道幅に沿って居並んでいる様子に呆気にとられる。それにも増して鶴橋駅に降り立った時の衝撃は今なお忘れられない。

鶴橋

一九八〇年代末から九〇年代初頭にかけて「ディープ」という語がずいぶんと世間の口の端に上ったものだ。出来事の濃さに価値を見出したのは、それだけ何かが希薄になりつつあったからだ。それへの反動があったのだろう。

都市化はどんどん進み、ドブは蓋をされ、宅地の中に取り残された畑も肥溜めも姿を消した。分譲住宅が増え、ショッピングモールが建ち並びと街がよそ行きの顔をしていく中で、デオドラントに関連した製品も多数出回るようになった。街だけでなく、人間そのものも含めて無臭であることが奨励されるようになった。

限られた色と匂いだけがじわじわと環境を覆っていく中、饐えた臭いを放ち、人いきれを感じさせる場末の歓楽街や踏み込むのを躊躇う土地、たとえば西成のドヤ街や新世界、飛田遊郭といった、強度のある生き方をするしかない場所を「ディープ」と呼んで、辺りをほっつき歩いては、一時的にその世界を味わう振る舞いが前後して流行り出した。

貧困と差別と賤視をそれとして自覚することなく、訪れる者がただ目撃する側にいられると思えたのは、「望月の欠けたることもなしと思えば」を地でいくような感覚を同時代の人間がどこかで持っていたからだろう。この島の住人であるというだけで、誰もが「勝ち組」といった根拠のない自信と余裕を持てた時代だった。

実際、世界二位の経済大国は海外の企業やビル、名画を買い漁った。「一億総中流」が半ば常識として語られ、それを信じる限りは前途洋々だと感じられた。先進国の中でも相対的貧困率が高い今日となっては、一体それはどこの国の話だろうといった隔世の感がある。

当時はバックパックを担いでの旅も盛んであった。「地球の歩き方」を手に、海外のスラム街や危険地帯と言われるようなところへ行った経験もちょっとした自慢話として語られた。そうした観光の作法が国内に向けられ、その一端が「ディープ」に込められていたように感じる。それは後年の「裏モノ」と呼ばれるアンダーグラウンドの覗き見や廃墟巡り、ひいてはダークツーリズムに行きつくような流れに先鞭をつけた。

このような風潮を反映してか、関西の出版社が発行する情報誌やローカル番組は、大阪の「ディープサウス」として在日コリアンの集住地域である鶴橋および隣接した一帯をしばしば取り上げた。折からのエスニック料理ブームもあって、清潔とはほど遠い、雑然を通り越したカオスな店でやたらと辛い料理やかつてはゲテモノ扱いだったホルモンを味わうことも、非日常感を味わえると歓迎された。

それにしても、先ほどから当時の社会でディープが帯びていた意味合いや体験についてすらすらと語れてしまうのは、まさに自身が体験してきたことだからだ。浮かれた時代にぴったりの感性を私もまた携えていた。

一九八九年四月、初めて鶴橋を訪れた。先述したように、在日コリアンの子供らが多い学校で週末に開催されている「民族学級」のボランティア講師をするためだ。

プラットフォームに降り立った瞬間から「焼肉の匂いがする」と都市伝説じみた言われ方をされる鶴橋駅だが、私の記憶に残るのは妙にねっとりとした空気と雨が降ったわけでもないのに濡れて見える駅頭、道についた油染み、てかてかと黒光りするガード下の壁、もはや駐輪とも呼べない歩道を埋め尽くす勢いの自転車と、鶴橋市場のキムチや魚その他の何かと何かを掛け合わせて生み出された鼻を衝く匂い。パチンコ屋から流れる軍艦マーチなどだった。あらゆるものが整然としていない様子に仰天した。

今にして思うとあまりに世間知らずだったのだが、私はどうにも自分が住んでいる岡本のように敷石を用いて道路が舗装されているだとか、どぎつい色の看板や大音量を響かせるような店舗のない佇まいが街の標準だと思っていたらしい。そうではない場所があることに心底驚いた。

目と耳とに飛び込んで来る情報が多いせいか、必要以上に騒がしく感じる鶴橋駅から今里方向へと歩みをしばらく進めると平野川に突き当たる。戦前、この川の治水工事に従事したのは半島からやって来た、安い労働力を期待された朝鮮人たちだった。

工事をすれば辺りに飯場ができるのは当然の成り行きで、やがてそれらは集落を形作り、さらに外から人を呼び込んだ。異国の地であれば、同じ習慣を持つもの同士が集まると安心も得られる。仕事の斡旋や生活して行く上での融通、便宜を図りやすくなる。川を中心にこの街は作られた。

大阪は水の都と呼ばれ、大阪のご当地ソングには川を扱うものもいくつかある。恋や夢を託し、情緒的に歌う曲はあるけれど、どの川も見事に汚い。

御多分に洩れず平野川もそうで、身を乗り出してしげしげと見るまでもない。ヘドロで全体が黒ずむ様子は一瞥をくれただけでわかる。水面にはアブクと空き缶や傘が浮いており、それらを追いかけて向こう岸をふと見ると、住まいと呼ぶにはあまりに変色して歪んだトタンがすさまじく、工場にしては手狭に過ぎるバラックが川に突き出た形で建っていた。というよりは、投入堂の懸造りのように細い柱を支えに川べりにへばりついている。

バラックはその正体が家であれ工場であれ、およそ暮らしたり働いたりする場所とも私にすれば思えないのだが、存在していることで現にそこで暮らしている人がいるという事実を証明しており、そこに衝撃を受けた。大学に入ったばかりの私はやはり学歴だとか経済力であるとか、社会に保証された道筋を辿り、ステージをクリアして行く以外の生き方をなかなか想像できなかった。

まして時はバブル経済の真っ只中だ。人生とはすでに用意された階梯を上がって行く。そんなイメージを多かれ少なかれが「中流意識」と共に育んでいる中、川に突き出たバラックはそんなお話とはまったく無縁であるように屹立していた。いざ自分がその暮らしを選ぶとなると腰は退けるが、生きて行くこと、それ自体にひたすらにじり寄ろうとするバイタリティを感じて、圧倒された。

川を渡り右へと折れた先にある小学校の校門をくぐる。

「民族学級」に集まる子供らとの初対面はなかなかにハードだった。二〇数人の子供らは低学年に男子がふたりばかりいるだけで、あとは全員が女子だった。しかも高学年になるにつれ、物怖じしない気質を備えている傾向があった。授業の開始は「アンニョンハシムニカ」といった挨拶や今日の日付と天気を韓国語で言うことと、他は歌や太鼓や鉦を用いる農楽や仮面をつけた踊りを学ぶといった内容で、どれもできない私は子供らの話し相手をするほかない。

彼女らは授業の合間にやって来ては、「どこに住んでんの?」「彼女はいんの?」。はては当時の私はほっそりとして色白だったせいか「何か甲斐性なさそうやな」と、遠慮なく踏み込んで来る。

大阪弁の利点は、実際に親しいわけではなくとも、それを使えば親密圏を形成できるような気分になれるところだ。相手のことを「自分」と呼ぶ文化(たとえば「自分の名前なんて言うん?」とは「あなたの名前は何ですか?」を意味する)であるだけに、相手のパーソナリティについて深く知る上では不向きな言葉だろうとは思う。

ともかく彼女らは揃いも揃って「ちびまる子ちゃん」ではなく「じゃりン子チエ」に出て来そうな、パンチの利いた子が多かった。大人を見くびるわけではないが、必要以上に言うことを聞く義理を当人たちは感じていない。その距離感からくり出される言葉は、彼女らなりの世間知がもたらしているようで、それは教師ではなく私相手だからおおっぴらに発揮されたのかもしれない。

ともかくヤンキーほどわかりやすく反抗するわけでもなく、ませているという言い方も適当ではなかった。少なくとも私の周りにいた、大人から「お利口さんね」とか「偉いわね」と言われるようなタイプではなかった。

彼女たちの物腰は、世間とどう折り合いをつけて生きて行くかを実地で知ったせいではないか。そのことが何となくわかって来たのは、子供たちが住んでいる地区に足を踏み入れてからだった。

鶴橋に出入りするようになってから、地元の在日コリアンのコミュニティの中で一目置かれている若い衆と知り合った。中でもひとつ下のK君は弁が立ち、統率力もあり、しかもそれは今時の論理的なしゃべり方やわかりやすいリーダーシップでもなく、上方落語のような口調で「あんたの言い分もわかるで」と反目し合っている同士にも言い、そうして対立を解決するというよりは、うやむやにしてしまうようなネゴシエーターの能力のある、非常に世知に長けたタイプだった。彼によって私はコミュニティの鍵となる人や場所を紹介されていった。

ある日、モーニングを食べようと喫茶店に連れ立って入った。その店は客と亭主というようなきっかりとした区分けのない、近所の住人が憩いのために集う場で、アイスコーヒーも出来合いのものを注いで出すような店だった。

店内には開襟シャツに競馬新聞を広げ、アイスコーヒーの注文も「レーコ（冷たいコーヒの意味）ちょうだい」と注文する人がいたり、テレビから流れるバラエティ番組にいちいち突っ込むパンチ気味のパーマをかけた中高年の女性がいて、彼女はテレビに飽きると店の亭主に明け透けな噂話をしながらも、「ほんまそうらしいで。知らんけど」と、とりあえず語尾に「知らんけど」をつけさえすればいいと思っている、ひたすらノリがいいだけの会話を続けていた。

喫茶店のくたびれたソファに座ると、開け放たれた扉から見える景色がローアングルで捉えられる。火事にもなれば消防車が通るには難儀するであろう狭く入り組んだ道には零細なアパートが並んでいる。そこを通る人たちを見ていて気づいたのは、子供たちが日々接する大人たちはスーツを着て通勤するようなタイプではなかったことだ。明け透けで赤裸々で、生きて行くことを身も蓋もないところに解してしまう人たちと肌擦り合わせて暮らして来たのだと思われた。

赤裸々であっても、オープンなわけではなかったろう。なぜ彼女たちは韓国名を民族学級の時間だけ名乗ったのか。普段使っているのが日本名だとの理由だけではなく、在日コリアンが多いにしても、所詮はマイノリティだからだろう。明け透けで赤裸々な差別がより明確になりやすい環境であれば、早い段階でタフさを身につけるしかないのではないか。喉を通りにくい人工味のきついレモンスカッシュは、私の考えをそんなふうに巡らせた。

彼女の口の達者さ

「あんな汚いカッコの人ら日本に来んといて欲しいわ」

悪びれもせず彼女はそう言うと、ひょいと伸び上がって机に腰をかけた。私はしばし絶句してまじまじと彼女を見たが、視線を外して爪先をぶらぶらと振る。一二歳にもなれば、尖った言葉を意図して使いもするだろう。

けれども、その所在なげな様子は、今しがた言い終えたことは、自分にとっては何の気なしに口を吐いたまでで、取り立てて深い考えあってのことではない、そう物語っているかのようであった。かと言って立ち去らずに目の前に居続けるのは、先の発言はこちらの出方を窺っての含みを持たせた言い様なのかもしれなかった。

「民族学級」の授業の合間の雑談からふと出た「あんな汚いカッコの人」とは、ベトナムから日本に漂着したボートピープルと呼ばれた難民を指していた。件の発言をしたのは、初めて子供たちと会った際、私に「甲斐性なさそうやな」と言ってのけた子だった。彼女を知る教員によれば、勉強が抜群にできるわけではないけれど目端が利く子で、普段から「大人顔負けのことを言う」のだそうだ。確かに世事にかけては目から鼻へ抜けるような理解を示す子だった。

一九七〇年代からベトナムやラオス、カンボジアを脱する人たちが陸続と小船で海へと乗り出した。ボートピープルと呼ばれた彼らの一部は日本近海に流れ着いており、その動向について報じるニュースは八〇年代末になると日ごとに増えていた。粗末な木造の漁船の上に鈴なりになっている人たちの険しい、怯えた、不安げな硬い表情。潮風にさらされた髪は乱れ、血色の悪い顔と瘦せた体に煤けた服を纏っている。困窮を露わにした姿を彼女もニュースで見ていたのだろう。

これからも幸福が続きそうに思えた時代だった。普通に働き、普通に暮らしていれば人並みの暮らしができる。その感覚からすれば難民には同情こそすれ、自分たちが享受している以外の事情について深く知ろうという気持ちは訪れにくい。「普通ではない」こと自体がありえないという考えに居直れたからこそ、誰もが「自分は中流だ」などと思えたのだから。

民族学級に来る子供たちは、おおかたの「国民」のように無邪気に中流と信じられるような階級に属していなかった。収入が他に比べて乏しいのは、つつましい暮らしと呼ばれることもなく、ただ貧しいと嘲笑われる風潮があの頃はあった。

だからだろうか。「甲斐性」に重きを置いた彼女は金持ちに対して、「ええなぁ」と憧れを素直に口にし、「ええとこの家の人と結婚したいわ」と言いもした。「どうして？」と聞くと、「楽できるやん。働きたくないわ」と返した。その時は迂闊にも「ずいぶん現実的だな」と思うだけで済ませてしまったが、思えば私の言う「現実的」とは何を指していたのか意味不明に過ぎた。彼女にとっての現実を尋ねるべきだった。

まだ小学五年生なのだ。結婚を早々リアルに感じるわけでもない。どこかで聞いた言い回しを口にしているのかもしれないが、それが彼女の心情といかほどか合致しているからこそそう言うのだとしたら、そこに張りついた切迫さを私はまるでわかっていなかった。

子供たちの家庭は共働きが普通だった。激烈な格差社会が常識となった今ではそれが当たり前でも、その時の中流家庭の条件には「夫は企業に勤務、妻は専業主婦」が常識としてあった。であれば、一一歳の子供が「楽をしたい」という時、日々のたつきのままならさを目にしてのことだったのだろう。アホボンとして能天気な暮らしをして来た私が想像したところで、彼女が直面しているしんどさをわかりはしなかった。

「あんな汚いカッコの人ら日本に来んといて欲しいわ」と言った後、彼女は何も言わず、長い髪をまとめたヘアクリップを何度か触った。その仕草を見ていると、「うわべを飾ることを言っても人の本音は別のところにある。世間の事情はわかっているのだ」とでも言うような発言と不釣り合いに、ファンシーに過ぎる色あせた光沢を放つクリップを隠そうとするようにも思えて来た。貧しさの切れ端を感じさせることへの警戒が彼女の所作に表れて見えたのだ。

彼女も自身の属性からして、この先に難儀な暮らしが待ち受けていることを肌身に感じていただろう。そうした世知辛さはわざわざ誰かに教わるまでもない。零細な工場や肉体労働、小商いなどで生計を立てている界隈の住人の暮らし向きを見れば否応なくわかってしまう。痛みがわかっているのならば、難民を排斥するような発言をしないのではないかと思うかもしれないが、差別を被っている側がさらに弱い者への不寛容さを示すのは、そう珍しくないことだ。

ただ、豊かなはずの社会で「楽をしたい」というくらいには失望を味わっていたのだとすれば、その落胆に注ぐエネルギーを困難な状況にある人への共感に向けることもできるのではないか。私はそう単純に考えていた。

だから彼女に聞いてみた。

もしも、今の暮らしが苦しいため、旅路の果てに待ち受ける運命がまるで見当つかないけれど、それでも海に乗り出すほかないとしたら、その時に身につけるものはなんだろう。お気に入りの服を着るのではないだろうか。今は風と陽に洗われてぼろぼろに見える服もひょっとしたら、その人の晴れ着だったかもしれない、と。

猪飼野には戦前、河川工事のための安価な労働力を提供すべく本土に渡ってきた人も、戦後に済州島で起きた軍や警察による島民への虐殺を逃れ、密かに海を渡って流れ着いた人もいる。どちらにしても君や君の祖先も「あんな汚いカッコの人ら日本に来んといて欲しいわ」と言われていた側だし、今なお似たようなことを言われている。それが私たちの現在の姿だろう。

そのような内容を話してみたものの、彼女の関心を呼ぶことはなかった。それもそのはずで、「それが私たちの現在の姿だろう」と言ったところで、それは「私」の生活の実相ではなかったからまるで説得力はない。まして彼女の現実でもなかった。だから「私はあんなのと違うわ」と言い放つと、机から降りて踵《きびす》を返すと教室から出て行ってしまった。

理路が整然としていたら理解は進むものだと浅はかにも思っていた。一九歳の私は何もわかっていなかったのだ。「あんなのと違うわ」と言った時の彼女の目の中に浮かんだ、失意の色を忘れられない。何が彼女に届かなかったのだろうと思い返してみると、ようやく今になってわかることがある。

民族学級に熱心に参加する小学校三年生の日本人の児童がいた。

学級は在日コリアンだけを対象にしているわけでなく、半島の文化に興味のある児童は誰でも参加できた。彼は他の誰よりも熱心に言葉や踊りを覚えようと取り組んでいた。その子の担任と話して知ったのは、普段の勉強ではついていくのも難しい教科も多々あることだった。それだけに教師としても課外で見せる積極的な姿は驚きなのだという。

いじめられているわけではない。むしろ目立たないことに全力を注いでいるような彼が土曜日だけは活発になる。その時間を延長したいのか。私が帰ろうとすると、彼は校庭で遊ぼうと言い、しきりにまとわりついてくる。かくれんぼをしたり、相撲をしたりと遊んでいると、擦り切れた、垢染みるとまでは行かないが、いつもくたびれた服を着ていることに気づく。襟元からは家の鍵をくくりつけた紐が覗いており、帰っても家には誰もいないのだろうと知れた。

「楽をしたい」と言った彼女もまた同じような境遇だったはずだが、少年の言うことをまぜっ返して、揶揄して笑いものにしてみたりと、その淀みない話しぶりはややもすると冷ややかな態度として現れることが多かった。思春期を迎え、だんだんと大人に向かっている身からすれば、小学校三年生の彼の言動はあまりに幼く感じてのことかもしれないが、それだけではなかったのではないかと思う。

大人顔負けの口の達者さは、大阪でよく言うところの「しゃべり」の地力と評価される場合も多い。それは何に向けられた力なのかと言えば、本当のことを決して口にしないためでもあり、自らが傷つかないための防御でもあるだろう。

彼女は貧しく、悲惨な境遇への理解がなかったのではなく、弱く貧しいものを見ることで傷ついていたのではないか。自身が現実に対して、あまりに無力であることを十分に知っているのであれば、無力な姿を晒す人たちを直視することは耐え難いことだ。弱者に対するいたわりという言葉は知っているだろうけれど、それはただの言葉でしかない。なぜならそれは彼女を救いはしないから。

あれから三〇年余り経つ。環状線に乗ると決まってあの子を思い出す。窓を流れる相変わらず灰色の鶴橋の町を見遣りながら、今なら前よりはうまく話せるかもしれないと勝手に思っている。

第四章 東京編

東京、一九九四年

東京へ行くつもりなんてなかった。特に東京への憧れを持っておらず、また、地元から離れて暮らすなど考えたこともなかった。世界の果ては崖になっていると考えていた古代人ではないにせよ、考え及ぶ限りの生活世界の範囲は近畿圏で収まっており、その向こうは霞んだ景色でしかなかった。バブル経済の崩壊と就職氷河期がなければ、ずっと神戸でアホボンとして暮らしていただろう。

一九九一年三月、バブル経済が崩壊した。その後は月に一〇から二〇万ほどあった小遣いはなくなりアルバイトを始めた。真っ逆さまに転落していく暮らし向きに、私の心境はどうであったたか。幼い時分から「平家物語」の「ひとえに風の前の塵に同じ」を折に触れて心に唱えていた。長生きは願っても叶わないと運命づけられた母がそばにいたことと、慣れ親しんだ古今東西の史書が証明しているのは栄耀栄華の儚さであり、地上の出来事の短命さは予告されていたことだとの思いが、ある種の耐性を私の中に育んでいた。

父が一代で築いた資産が瓦解していく様に立ち合うことは、私の享受していた豊かな暮らしが足元から掘り崩されていくことも同時に意味したが、それを恐怖に感じる一方で、いくら富を誇ったとしても「ただ春の夜の夢の如し」なのだという予感はいささかも誤っていなかったことに、妙に安堵感を覚えもした。

そうして悦に入っていても現実のままならさはどうにもならない。大学四年生になったのだから、ついでに人並みのことをやろうと就職活動も行うことにした。

始めてみると不可解なことは再々起きた。説明会は「追って知らせる」と言いながら、連絡を受けた二日後に問い合わせると「もう終わった」と告げられる。卒業した先輩たちの内定を早々にもらうのが当たり前という時代は過ぎ去っていた。就職氷河期第一世代が出くわした不条理な出来事は多々あるが、それに加えて「これが就職差別か」と思わざるをえないことも数々体験した。父の世代のように露骨ではない。一見開かれて見えるが、近づくと閉じる奇妙な門。これを訪って叩いたところで返答はない。

憤ったところで食い扶持が稼げるわけでもない。日系企業以外であれば採用の可能性もあるのではないかと、在日コリアン系の企業を受けてみることにした。エントリーしたのは焼肉のタレの「ジャン」で有名なモランボンである。食品メーカーのモランボンはさくらグループの一部門であり、当時、グループの下にはゲームやパチンコ、ボウリングといったアミューズメント部門、アパレルや旅行社のほか、ピアノ教室、サウナも加わり手広くビジネスを行っていた。何であれ働ければいいという考えしかなかったから、特に希望の職種もない。強いて言えば、出版事業が傍流にあるようだから、そこに潜り込めたらいい。そんな考えで迎えた一次面接は、人事部の社員と係長を相手に大阪で行われた。薄ぼんやりした受け答えながらも通過。二次面接は本社のある東京・府中で行われた。

失礼しますとノックし、部屋に入ると立派なデスクの向こうに専務が座っていた。はて、二次面接で早くも幹部が？　しかもひとりで？　と怪しんだ。控え室にいた他の学生も同様に専務が対応したのかわからない。だが、面接の最初の質問は明らかに彼らとは違ったろう。

「今からあなたにとって少々不愉快なことを聞くかもしれません。思想的な背景についてです。というのも以前、韓国からのスパイが入ったためです」

オーナーは朝鮮総連とも関わりがあったため、日本の公安やＫＣＩＡ（現・国家情報院）

から監視されていたようだ。私は内心「もうこんなの会社の面接じゃない」と思って吹き出しそうになった。どのレベルの話をしたものかと一瞬迷ったものの、父は学生時代は朝鮮総連の下部組織の留学生同盟の専従活動家であったことを伝え、「北朝鮮への帰国事業では帰還船に乗ろうとしていたそうです。幸い祖母に止められたそうですが」と答えた。

「幸い」というのが相手にどう響くかわからないが、専務としてはその答えでもう十分だったのか。その後は特に何を聞かれるでもなく雑談に終始した。数日後、採用合格の連絡があった。

創業者が東京の府中において商売を始めた際、地元に受け入れられたことから地域社会に貢献すべくビジネスを行ってきたのは紛れもないことだ。その一方で故国を忘じ難いのも本当のところだ。そこから朝鮮総連と接点を持ったのだろう。何しろ長らく韓国は軍事独裁政権に牛耳られており、半島の将来を頼むにはあまりにも無残だった。だからと言って北朝鮮が素晴らしかったわけでもないのは、後年わかることではあったが。

私が入社する前にＴＢＳの「報道特集」の取材を創業者は受けており、北朝鮮の体制を支持できない旨をはっきり述べていた。北朝鮮の核問題で揺れる最中の一九九四年三月末、生まれ育った神戸を離れ、府中の隣駅、分倍河原にあるワンルームマンションの社員寮に越した。

分倍河原は何もない町だった。駅前の閑散とした小さな商店街を抜けてマンションに至る道のりには、特筆すべき何かがさっぱりないように見えた。宅地開発された町はコンビニと自販機が代わる代わる現れるだけの、彩りもなくのっぺりとした表情を見せるのが普通なのかもしれないが、そのようなところに住んだことのない私には抑揚のない風景はこたえた。散策のしがいがない。ささくれ立つような感覚が身の内に生じた。

関東ローム層の土は近畿に比べて黒く、風は乾いていた。桜が散り、緑が勢いを増そうとしていた。木々が枝を伸ばしていく生命の横溢の季節は、どこか目を覆いたくなるような猥雑さを感じさせ、それがこちらの心身の不安定さをいや増して、「この先やっていけるのだろうか」という漠とした不安を確固としたものに変えようとする。

不安の要素は、辞令によってさらに加わった。私にはアミューズメント部門すなわちパチンコ店への配属が命じられた。人事部長に「なぜですか？」と問うたところ、「これからのパチンコには哲学が必要だ。聞けば君は哲学科出身ではないか。大いに励んでくれたまえ」と返された。

これまでの人生でパチンコをしたことがない。配属前の研修では食品部門で魚をさばいたり、ボウリング場で働いたりしてきたが、その中でも一番合わなかったのがパチンコだった。大音量で流れる音楽とタバコの煙がもうもうと立ち込める中、大当たりが出れば「おめでとうございます」と一礼し、玉を入れる箱を替えて、また一礼して立ち去る。店長からは「マクドナルド並みの接客を目指す」と言われ、きっかり四五度の礼をして客に応じなければならなかった。

自分が関与しないところであればパチンコに精出す人がいても別に構わないのだが、いざ働き始めて日々関わりを持つと「別に構わない」という態度を維持するのは至極難しい。

開店から閉店まで毎日通い詰める客が複数いた。オールバックの演歌歌手のような風情の五〇がらみの男性とスモークレンズのサングラスをかけた、アニマル模様のニットを着た女性、ひっきりなしに吸うタバコと缶コーヒーを煽る仕草が若いはずの面相を老けて険しく見せてしまう女性。弛んだ体とパチンコ台を食い入るように見る目の、集中しているはずなのに呆けて見えるありように、偏見とわかりつつも生活の荒みや低調さを思わずにはいられなかった。

彼や彼女たちに敬意を払う気が起きない。頭を下げたくはない。だが、そうした客によって私は給料を得ている。この辻褄を合わせるのは、どういう理屈なのか。とりあえず世間を知るためには三年程度は何の仕事でもやったほうがいい。いつ備わったかしれない常識が私に向かってそう説く。

仕事自体は早い段階で売り上げの回収に携わり、現金を扱わせてもらうなど、目をかけてもらっていた。また給与は他部門に比べても良かったし、一日中ホールを歩き、玉が詰まるなどトラブルが起きれば直しと、ある意味では楽な仕事だった。

ただ、二四歳の私には、これが今後のキャリアになるとまったく思えなかった。しかもキャリアと言ったところで、この先に何になりたいのかの像があるわけではない。やりたいこともなければ、何かできる力があるわけでもない。明らかなのは、ただここにいたくないのと客への嫌悪感とそんな偏狭な見方をする自分への苛立ちであった。このサイクルがぐるぐると頭の中で回り続ける。そうした自分こそが最も低劣なのだと自嘲しても何も変わらない。

入社から三か月を迎えたある日、客の台が大当たり中に玉詰まりを起こした。近くにいた私が駆けつけた。だが鍵を開けて習った手順の通り調整しても直らない。どう扱っていいか皆目見当がつかない。そこで同僚のシオタ君に応援を求めた。法政大学の三年生の彼にはそれまでにも何度も助けられていた。シオタ君は台の様子を見ると、一旦電源を落とした。すると、客は「おい、大当たり中だぞ！」と大声をあげる。シオタ君はニヤリと笑い、客の方に流し目をくれつつ、こう言い放った。「お客さん、俺らこれで飯食ってんすよ。任せておいてくださいよ」。

台の扉を閉め、大当たりの明滅するランプが点く。それを見て「辞めよう」と決心した。私には彼のようなプライドとそれに伴う技術もない。心中、悪態を吐いたり、こんな仕事をやったところでどうなると呪っているだけの自分は給料をもらう資格がない。翌日、退職願を提出した。

分倍河原には何も見出せないまま夏が終わりを迎えようとしていた。唯一この街で見つけた徹は、親友が大好きなドクターペッパーを扱う自販機が駅前にあったことだった。

大山ハッピーロード

東京に来てまだ日が浅い折、休日の過ごし方に難儀した。何せ分倍河原では手持ち無沙汰であり、隣の府中は比べれば駅前に賑わいはあるにせよ、雰囲気のいい喫茶店も見当たらず、しかも職場で毎日通うところであってはのんびり過ごす気にもなれない。仕方なしに映画を観るか書店をぶらつく算段をすれば、新宿を目指すしかなかった。

新宿駅に着けば西口と東口が地下で繋がっているのはわかっても、目で見通す限りに人がおり、景色にまったく抜けがない。おまけに人いきれに圧迫され、ただの移動のはずがダンジョンに入り込んでしまったように感じられてしまい、動悸が高まる。そうして東口へと至る道の探索を諦め、ＪＲの入場券をわざわざ買って駅構内を通り抜けたことが幾度もある。

あの時の振る舞いは、上京したばかりの者に共通の不案内さゆえのもたつきではあったろうが、人混みに辟易とする感覚は生き物としては正しかったように思う。東京に来てしばらくは人の多さに酔って嘔吐したこともあり、まだ満員電車を受け入れる耐性もなかった。

慣れは鈍磨と引き換えに訪れる。だからと言って体感が削られる一方でもなかった。街に順応するに従い人波の心身への圧を表面的には感じなくなり、その頃には自身の所在を感覚的に摑むことができるようになった。

たとえば分倍河原から中目黒へ行き、イームズだの家具を冷やかしに行くとして、そこまでにかかる時間やどういうルートを辿ればいいかがすぐさまわかるようになった。

そのことを地理を覚え、距離感が把握できるようになったのだと長らく思っていたが、それはどうも誤りで、よく考えれば自分の体のスケールを越えたものに、滑らかに距離感を覚えられるとしたら奇妙なことだ。

二〇一九年現在、私は長野の下諏訪で暮らしている。東京にいた時分は分倍河原を振り出しに、最後は千駄木で一〇年過ごしたが、たとえば武蔵小杉まで食事をしに出かけるとか、そういうことをまるで厭わなかった。今ではわざわざ遠出をして食事などしない。ひとつには交通手段が限定されているせいもある。だが、それだけではなく、何となく感覚的に嫌なのだ。その忌避感は億劫と似ていても、それとぴったり重なるわけでもない。整った交通状況への警戒感がある。

東京は鉄道の路線が張り巡らされており、それこそ徒歩ならば到底一日で往復できないような距離の遠さを縮めてくれる。どこまでも線路でスムーズに繫がっている気になってしまうし、実際に行けてしまう。

あそこへ行けば美味しいパンケーキが食べられる。向こうに流行りのスポットができた。そう聞けばいそいそと出かけた。欲望に煽られた身を電車に滑り込ませれば目的地に着く。飢えと対象とがすぐさま結びつき、その切れ目のなさを便利、快適と呼んでいた。それが都会の自由の面目だと思っていた。

けれども、それは情報に引っ張られ、本当にそれを欲しているかどうかもわからないまま、鉄路が地続きだから辿り着けてしまうだけの話で、感覚的には分断されていたのではないかと思っている。つまり、己の欲するものが何かわからないまま衝き動かされるのを能動的な行動と選べるチャンスの多さだと捉えていたのだ。

一九九四年から九五年にかけての私は、まだ身幅を超えた距離感を東京に対し十分に持てていなかった。それがゆえに勤めていた会社に辞表を出し、分倍河原の社員寮を退出しなくてはならなくなった後の住まいをなぜか池袋を起点に考え、東武東上線沿いの大山に決めてしまった。

もともと上京する気がなかったものだから、取り立てて中央線が良いだの、世田谷線が渋いだのといった事情に詳しくなく、かろうじてあったなけなしの東京に関する見取り図は、セゾンが東京の文化を牽引しているという古びた情報だった。

地元の神戸には当時、パルコもリブロもなかったのになぜそう思ったのだろう。おそらく父が年に二回ほど、家業である菓子の包装紙の卸の参考にと、洋菓子のトレンドの視察で東京へ行っており、その際、西武百貨店池袋本店の食品売り場に必ず立ち寄っていたからだ。

ケーキ店の多い神戸ではあっても、消費者のニーズを摑んでの展開の速さや微細なセンスにおいて、八〇年代には最先端とは言えなくなっていた。時代の要求するものの勘所を抑えていたのが西武百貨店だと、東京から戻るといつも父は強調しており、自然と私の中にセゾングループの名が刻まれた。だから東京の中心は池袋だと見当違いを基準に次の住処を考えることになってしまったわけだ。

物件探しに池袋駅近くの不動産屋をいくつも回った。在日コリアンにとっては、ありがち過ぎてもはや特筆大書すべきことでもないが、部屋を借りようとすると「外国人お断り」の大家に出会うのは当たり前だ。二〇〇〇年代でも事情はさほど変わらなかった。こういう対応は明確に違法で、仮に訴えれば過去の判例からしても大家は敗訴するだろうが、彼らとしては法律の遵守よりも守りたいものがあるのだろう。それにしても訳がわからないのは「外国人お断り」なのに「ペット可・子ども二人まで可」といった条件の物件があったことだ。

社員寮に住める期間は限られており、早く決めないといけない。こうも入居拒否が続くと焦る一方で「何でもいいから決めてしまいたい」と捨て鉢な気分にもなる。

何軒目かの不動産屋を訪れ、大した期待もしないままに「五万円代・風呂つき」の要望を出すと、「お客さん、ここどうですか?」と示されたアパートが東武東上線の大山駅から徒歩一五分の物件だった。川越街道のすぐそばで風呂はないがシャワーがついている。日当たりはいい。家賃は五万三〇〇〇円。どうにも微妙に価格と条件が釣り合っていないように感じたが、従業員の次の言葉に引っかかった。

「大山は東武東上線沿いの下北沢って言われているんですよ」

今にして思えば「どこがだよ?」と突っ込むところでも、その時の私は東武東上線の醸す雰囲気を知らず、それでいて下北沢＝若者の町という理解は一応はしていたものだから、「それならいいのではないか」と心動かされた。しかも大家は外国人でも構わないと返事した。「構わない」という表現も飲み込みにくいものではあるけれど、入居拒否が続くと、多少のことは目をつぶってしまいたい気持ちにもなる。すぐに内見に出かけた。

振り返ると私の最大の誤りは焦りから、大山駅の改札を抜けるとすぐさま五〇〇メートル余に渡って伸びているハッピーロード大山商店街の店のラインナップをちゃんと見ることなく、脇目も振らずにアパートに向かったこと。加えてその前に下北沢を一度でも訪ねておかなかったことだ。

双方を仔細に見ていたら、大山と下北沢との対応の正誤表が作れたはずだ。高齢者向けの洋品店はセレクト古着店、一〇〇円ショップは雑貨店、やたら多いパチンコ店はアミューズメントくくりでヴィレッジヴァンガードにあたるだろうか。

総論として言えば、似ても似つかず、いったい誰が「大山は東武東上線沿いの下北沢」と呼んだのか？　今は再開発が進み名残はないが、下北沢駅近くのおそらくは戦後の闇市跡と思われる入り組んだ路地の場末感をして、「東武東上線沿いの下北沢」と大山を形容したのか。謎は解けないままだ。

私の落ち度はそればかりではなかった。ハッピーロードの長いアーケードを抜け、川越街道沿いを歩いてしばらくすると、狭いゲージに犬が詰め込まれた、今では完全に違法なペットショップとその隣にあるパチンコのスロットをショーケースに並べた店があり、明らかに異様な雰囲気を放っていたのにさほど意識を向けなかったことだ。

犬の扱いのひどさはあっても、ペットショップはまだ目的はわかる。だが面妖なのはスロットだけを置いている店だ。外から見るとイギリスとほど遠い川越街道沿いの景観ながら、車をコツコツと組み立てているバックヤードビルダー然として見えなくもない。店内には分解したスロットが何台も並べられており、店主と思しき人が何やら組み立てていた。ひょっとしたらスロットで生計を立てている人が研究するために台を購入する店なのかもしれなかったが、他所でそんな商売を見たこともなかった。とにかく足早にその前を過ぎ、目的の物件へと向かってしまい、そこでの違和感を持ち続けなかった。

大家に案内されたのは、木造モルタルのアパートの二階。外づけの階段を上がりドアを開けて申し訳程度の狭い玄関を上がると、いきなり目の前に現れるのが据え置きのシャワーだ。

よく海の家で見かけるようなユニットタイプのもので、それがデンと置かれているために左に折れて五畳程度の和室に向かうにも、突き当たって（と言っても三歩ほどの距離だが）台所へ行くにもどうにも邪魔になる。シャワーユニットは後づけのものと見えて、どうしたって動線を阻むように置かれている。

辺りの街並みと部屋に対する違和感の表面張力が破れて、溢れ返っているにもかかわらず、私はそこへの入居を決めてしまった。

引っ越してから数日後の夕刻、大山駅に降り立つと駅前には袴に高下駄を履き、肩に何やら書き連ねた幟《のぼり》を背負って演説をしている年の頃は六〇代後半と思しき男性がいた。彼はしゃがれた声で吠えるように何かを言っている。時局についての演説をしているらしいのだが、いくら聞いてもまったく意味が取れない。幟に書いてある文もまるでわからない。彼はこの世の表を見ているだけではわからない世界の真相と陰謀、それからの救済について説いていた。雨の日だろうが毎日夕刻になると辻説法を行っていた。

そうしてしばらくすると駅のホームに持ち込んだラジカセで東京音頭をかけて踊る若者が現れた。彼は実に楽しそうに踊る。ハッピーロードとはよく言ったものだ。そんな感慨を抱いて、私の大山での生活は始まった。

別離、一九九五年

夜勤明けから大山のアパートに戻ると、あらかじめ私のいない間に荷物を運び出すとは聞いていたものの、狭い五畳ほどの部屋がだだっ広い伽藍洞《がらんどう》に感じられた。彼女の買い揃えた冷蔵庫、トースター、テレビがすっかり運び出されていた。どれも金のない私に代わって、いずれ同棲するからと彼女がボーナス一括払いで買ったものだ。

大手町駅前の東京国際郵便局での勤務時間は夕方から朝まで。合間の仮眠の数時間と一五分程度の休憩を何度か挟むほかは、国内外から運ばれる手紙と荷物をひたすら分けて、まとめる。大量に運ばれてくる荷は二人で持つほどではないが、ひとりで持つにはいささか重い。機械化できないところを人間の消耗で補うしかない労働だ。

どういうわけか、この職場で長らく働く人の面相は前歯がなく、酒灼けなのか鼻が赤らんでいることが多い。自分もいずれそうなるのではないか。そんな予感に身震いし、この先にいったいどういう暮らしが待っているのかまるで見当もつかなかった。

仕事が終わると体の芯が痺れ、手足が怠く、視界がぼんやりと霞むような疲労を感じる。部屋に帰って横になってもしばらくは寝つけない。

空っぽになった部屋をこれ以上眺めたところで、とうに決まった別れが妙に感傷的な気分で演出されるだけだ。ただでさえ頭に鈍い痛みを感じている。今さら別れの原因について考え直したところで、何度も辿る羽目になった自己嫌悪に陥る道筋をまた往復するだけだ。

もう長い間、くつろいだ気持ちになったことがない気がするし、どうすればゆったりできるのかもわからない。ともかく畳に腰を下ろそうと座ってみて不意に気づいたのは、電灯から垂れ下がるスイッチ代わりの紐の先に今まで見た中で一番大きな、黄色のポストイットが貼りつけられていたことだ。中腰になり右手を伸ばして剝がしてみると、そこに「報われませんでした」と書かれていた。ギョッとして、まじまじと文面を見つめる。見慣れた彼女のちんまりとした字だ。

ポストイットに書きつけられた走り書きが眼の底に腰を据え、ひたと彼女がこちらを見ている姿が見えた気がして、そこから慌てて逃れようとして目が泳ぐと、注意の散った先が隅の壁で、そこに紐の先に貼られたよりもふた回りほど小さなポストイットが貼られていた。膝《い》行《ざ》ってそれを見ると「このゴミは処理しておいてください」と書かれ、脇には小さなゴミ袋が置いてあった。空っぽに思えた部屋だったが、ちゃんと見れば彼女はここに来たし、立ち去った痕跡が確かにあった。

もう一度、掌中の「報われませんでした」を見る。胸の虚ろさを満たすものを悲しみにしてしまえば、嗚咽は漏れるかもしれないが、そうなると私は本当にエゴイストになりそうな気がして、咳き込むのを堪えるように体を曲げてしばらく耐えると、喉元から込み上げてきたのは笑いだった。ポストイットで貼りつけることといい、最後に残した文面といい「センスがあるな」とひとりごちて、呵々《かか》と笑いそのままひっくり返って寝た。夜半に首筋から胸元にかけて蕁麻疹が出た。

彼女と知り合ったのは大学を卒業する半年前で、東京に出てくる直前につき合うことになった。最初は互いに神戸と東京を行き来したが、私がパチンコ店での仕事を辞めた後は往復の新幹線代を捻出するのも難しく、以来彼女に東京まで来てもらっていた。

「オリーブ少女」を地でいくような人でオシャレに余念がなく、小沢健二が好きで可愛いものがとにかく好きだった。私はそれまでの交際において「可愛い」を多用しての、終始ふんわりとした雰囲気の話などしたことがない。

それもそのはずで、「何となくそう思う」とか「そういう感じがする」といった浮遊した言い回しに対しては、「何となくってどういうこと?」と半端な答えと思ったのなら、とことん詰めてしまっていたからだ。気軽に話を始めることも切り上げることもできず、「なぜ」「どうして」とギリギリと絞り上げて、ノリだけで流れていく会話を許さないところがあった。もうとっくに締まっているネジを、穴が潰れてもなおギリギリと締め上げるような余裕のなさがあった。

偏執的な気質がそうさせるのと同時に、「本当のことが知りたい」との思いがコミュニケーションに働きかけていたのは間違いない。探究心が強いと言えなくもないが、今にして思えば、何となくの気分で言ったに過ぎない言葉に「本当」も何もあったものではない。そこにひどくこだわるのは、言葉を額面通りに受け取ってしまうからで、相手がどのように感じて、その発言に至ったか。何気ない言葉を発した意図への想像などまるでなかった。だからコミュニケーションは常に空中分解しがちだった。

ただ、世の中はよくできているもので同じような傾向のある、どちらかと言えば不穏で不安定な人とのつき合いだけは絶えることはなかった。

互いに惹かれ合う様を世間は恋愛と呼んでいるが、明るく、優しい気持ちになれるといったポジティブさからすべての恋情が始まるわけではなく、偏りと重さが生み出す引力を惚れた腫れたと呼んでいるだけのことも案外多いのではないか。若い時分の私はそうだった。

しかもギリギリと締め上げる間柄を、互いを高め合うと言えば聞こえはいいが、常に自分が刷新されるような刺激と緊張を相手に求める一方的なもので、交わされる会話にラブリーもスイートもなかった。

ここらでひとつダッフルコートを着て原宿辺りを風を切って歩いたりしたいし、ロマンスのビッグヒッターになりたい。そうライフ・イズ・カミングバックだ。生きていくことはもっと軽やかで楽しいものではないのか？　そう思っていた矢先に彼女と出会った。これからは社会に出ることだし、今までの路線とすっぱり手を切って、人生を明るく前向きに、そして生活を楽しんでいくのだと決意した。可愛いもの上等。そういうもので生活世界を埋め尽くしてやるとすら思った。

遅くとも二年後には彼女は仕事を辞めて、東京で職を探すから一緒に住もうという話になり、私は脳裏に可愛い雑貨やインテリアで部屋を飾り、互いに料理を作りといった、〝きゃっきゃうふふ〟の明け暮れ、フリルつきの暮らしを思い浮かべた。きっと、そう今度こそは。

二四年かけて育ててきた自分の気質や振る舞いが俄かに変わるわけもなく、その縁取りを甘くしたところで、その場しのぎにしか過ぎないことは、自分自身にはわかっていたことだった。嘘は人に吐く前にまず自分にバレてしまう。半年を過ぎると心の中に暗雲が立ち込めるようになってきた。発端は私の世を拗ねる態度だった。

給与は良いがまるでこれからの展望を描けない。そんなパチンコ店の仕事を辞めることに彼女は反対はしなかった。つき合いたての相手がすぐに退職するなどきっと不安を感じたろうが、「本を読んだりするのが好きなのにパチンコは向いていないだろう」と理解してくれ、「何か合う仕事があるといいね」と言い、編集者なりもの書きになろうかというぼんやりした考えを口にすれば、励ましてくれた。携帯がまだ普及しておらず、固定電話の権利が七万円もした時代であったから、自室に電話はない。こういう会話すらも彼女の送ってくれたテレホンカードを使って公衆電話で話していたのだった。

それにしても彼女に「文字を書く周辺のことをしたい」と口にしてみて、自分がそういう行為に希望を託しているのは、一〇代半ばくらいからずっと抱えてきた鬱屈が影響していているのだと改めて知った。生きることが職業名から選んだ仕事をしていくことにすり替わってしまう。それが果たして人生に値するのか？　という疑問を長らく持っていた。

では、世間と自分の生き方は違うのだと自負したのならば、覚悟して牙を研いだかと言えば、そういうわけでもなかった。半人前が大言壮語する期間が許されるのを中二病、青春ノイローゼという。そのみっともなさは重々知ってはいても、目前の現実が世界のすべてではない。「ここではないどこかに何か確実なものがあるはずだ」「自分は何者かになれるのではないか」という思いの熾火は消えはしなかった。

その矛盾がもたらした足搔《あが》きだろうか。私は可愛いもので溢れた日常を必死で乞い願い、「ロッキング・オン・ジャパン」の小沢健二が表紙を飾った号を美容室に持ち込んで「こんなふうに切ってください」と言って、なるべくボーダーが似合うような格好になり、彼女との会話も弾み、手に入れられなかった感情の交流が生まれ、ウキウキと浮上した生活をすれば、まともな大の大人の振る舞いになると、すがりつきたいような思いでいた。

私がつまづいたのはその生活とやらだった。当面の稼ぎを得るためのアルバイトは国籍を理由に断られることが続き、現実のまったくラブリーではない事態に直面した。ただ食うために生きねばならない。それが掛け値無しの生活であり、ラブリーさはおまけのようなものだ。大過なく生きていくには、この社会とうまく折り合いをつけなければならない。だから韓国名ではなく日本名でバイトに応募するのもひとつの手だった。面子よりも生きていくことを優先すべきだ。そう思いはしても、それをどこかで恥じ入っていた。今ならわかる。プライドの問題にしたのは、生活能力のなさを認めたくなかったからだ。

こうした苛立ちや悩みを彼女に打ち明けたとしても、その場で解決できるようなものではない。だが私はおざなりの励ましではない言葉を激しく欲していた。

生活の憂さと無聊をわかりながら、それでも生きるのだと背中をそっと押してくれるような、なにがしか思想めいた言葉。有り体に言えば、いい感じの慰めと励ましを欲した。自分の置かれている状況を確認し、その上でわざわざ後押ししてくれるような思想という能書きがないと活力も希望も見出せないのだとしたら、生き物としてあまりに弱だ。だが、その頃の私は言葉で別の現実を描き出すことを高尚だと錯覚していた。

私の飢餓感に対し、彼女は答えてはくれなかった。というよりも、自分の望む言葉を手に入れられなかっただけで、彼女はとつとつと、この社会でマイノリティが生きていくことの困難さについて想像した上で言葉をかけてくれていた。

私は次第に不機嫌な顔を隠さなくなった。「怒っているのか?」と尋ねられたら、「怒っていない」と不機嫌な調子で答えた。怒っているならそうと言ってもいいにもかかわらず、なぜ憮然とした表情を隠そうともしなかったのか。私は自分の不機嫌さで彼女をコントロールし、私の気の済むように気持ちを宥めさせようとしていた。

かつての恋人たちは先述したように不穏で不安定な人が多く、彼女らは言葉のニュアンスに敏感だった。何に対する敏感さかと言えば、相手が何を欲しているのか？　への感知においてだ。それは互いをコントロールしあう関係に陥ることを容易にする。

彼女は言葉に対してビビッドではないと思っていた。時折小包が届き、それを開けると靴下や下着が入っていた。それらを目にするとため息が出た。生きるために生きるという生活に殴られていると被害感情を募らせていた私には、向き合いたくない現実を突きつけられているように感じ、荷物が届く度にそれが彼女の鈍感さとして映った。傲慢さのもたらすまったくの見当違いだった。

意外と下着や靴下の消耗は早い。金銭に余裕がなければ優先順位を考えると後回しになるが、それがないことで地味に困るという最たるものだ。彼女は短大から奨学金を得て、四年制大学に編入していた。自分の暮らしを支えることを早くからしていた。思想よりも生きることを体でわかっている人だった。彼女が送ってきてくれた衣類の意味をまるでわかっていなかった。

言葉を巧みに紡ぐことの得意ではない彼女は贈与や具体的な行為によって、私に対する愛情を表現していた。私はそれを受け取らなかった。

私は日々生きづらいと感じていた。「ここではないどこかに」と別の現実を思い描いていた。今、この目の前にいる彼女に生きづらさを与えていると知る由もなかった。だから彼女は私とつき合う限り、絶えず虚しさを手に入れることになる。

「何をすれば、あなたは気に入るのか？」と仮に彼女が真正面から問うたとしたら、私はまともに返答できなかったと思う。なぜなら「気に入らない」という不機嫌さを軸にした関係性を必要としていたからだ。彼女は無理解であり、それは世間の鈍感さの象徴であり、それによって私は拒まれている。それが私の抱えた屈託を正当化させた。

会社を辞めるといった、自ら選んだ生き方によってもたらされた不遇さを私は背負わなかった。どうであれ生き抜いてみせるという気概がなかった。

一年半もそうした関係が続いた後、彼女がとうとう「報われませんでした」と書き置いたのは、本当に何も得られなかったからだ。

けれども、別れを切り出したことで彼女はきっと理解したのだと思う。人から支配されること、顔色を窺うことで自分らしさを失ってしまうことの虚しさ。自分の人生を能動的に生きなくてはならないと。

甘い生活など嘘と本当の間にしか存在しないくらいのことは、とうの昔に彼女は知っていただろう。生活のための生活くらい、ひとりで切り抜いて見せなくては、可愛いもので生活を飾るなど叶うはずもない。

可愛いとは「愛す可《べ》き」を意味する。思うようにはいかない現実の中で、それでも愛す可きものを見つけていく。その意気地もない私にただ「報われませんでした」と告げ、決して責める言葉を連ねなかったのは、彼女の最後の優しさだったのかもしれない。

歌舞伎町、二〇〇二年

隣室のドアを激しく叩く鈍い音で目が覚めた。時計を見ると目を瞑ってからまだ数時間しか経っていない。余程の落ち込みやコーヒーの飲み過ぎなどがない限り、目を閉じればすぐに眠れた寝つきの良さが、ここでは身を潜めてしまい、目が冴えてしまって眠れない夜が増えた。窓越しに見えるギラギラとしたネオンは、カーテンを閉めさえすれば完全に遮ることができ、部屋は真っ暗になる。

けれども街の底からふつふつと沸き上がる瘴気《しょうき》とそれを吸ってさらにいや増す、辺りをたむろする「飢え」を抱えた人たちの蠢きが細かな空気の震えをもたらすのか。床についても絶えず低い唸りが耳に響くような感覚に襲われ、浅い眠りしか訪れない。

マットレスに身を横たえたまま耳をそばだてれば、廊下から聞こえるのは苛立った靴音の重なりで、複数人が廊下にいることが知れた。そろそろと起き上がりノブに手をかける。チェーンが決していっぱいに張り切ってしまわないくらいにドアを少しだけ開けると片目で外の様子を確認する。このマンションに越してからというもの、廊下を歩くのにもドアを閉めるのにも背後を振り返るなどして細心の注意を払うようになった。

「東京地方裁判所のものです。ただ今から強制執行を行います」

拳を鉄槌の要領で打ちつけ、ノックの代わりとしていた男性がそう宣言したのを認めると、そっとドアを閉めた。これから開けろ開けないの押し問答がしばらく続くのだろう。寝るのを諦めてカーテンを開けると夜光虫のように輝いていたネオンは灯りをすっかり落としており、寝ぼけ顔の歌舞伎町が眼下に広がっていた。

歌舞伎町のど真ん中にある、このマンションは知る人ぞ知る建物で通称「ヤクザマンション」と呼ばれていた。住人の九割がその筋の人たちだからだ。どうして歌舞伎町に居着くようになったのかを説明するには、まずは荻窪と平井を経由してからの話になる。

板橋は大山の安アパートに都合二年ばかり住んだ後、もう少し文化的な暮らしを望む気持ちが嵩じて荻窪に居を移した。それからの日々は荻外荘《てきがいそう》までぶらぶら散歩した後に邪宗門でコーヒーを飲むといった暮らしで悪くないものだった。

一方、仕事はといえば変わらず低空飛行で、ライターの名刺を作りはしても手渡す機会など滅多にない。ただ時間だけはたっぷりあったので、目覚めてしばらくすると図書館へ赴き米朝落語のＣＤを漁り、次いでこんな時でなければ手を出さないだろうと『水滸伝』や『大菩薩峠』など長編ばかりを片端から借り、読みふけった。部屋で落語をひとしきり聴いてあははと笑い、腹ばいになって物語に耽溺しているといつの間にか舟を漕ぎ、午睡の後は銭湯で湯を浴びる。文字通りの無聊をかこつ暮らしだった。

そんな取り留めない暮らしに耽っていられたのはわずかの間で、やがて生活は跛行の足取りを見せ、日々のたつきに難儀し始めた。そうして暮らしの傾きに引きずられ、住まいを中央線から今度は賃料の低い総武線の平井へと変えた。亀戸や錦糸町の名を知る人は多くても、その間にある平井を覚えている人は稀だろう。

引っ越し当日、御茶ノ水駅を超えた途端、町の色合いが灰色がかり始めたことに暗澹とした気分に襲われた。駅に降り立てば海抜ゼロメートル地帯のためか。風がそよとも吹かない様に我が身の拙さと顚落を感じ、ため息ついた。

平井については多言を要しない。和食店であっても黄色を基調とした派手な色使いに躊躇いがないのと、不用品の回収業者が尋常ではない音量でひっきりなしに立て込んだ住宅街を往来するといった、常に不穏な気持ちにならずにはいられないところで、心静かに暮らすことは極めて困難だった。

賃貸の更新を間近に控え、これ以上ここに住むのは限界だと思っていると、同じ実話誌で仕事をしていたライターの先輩が「仕事場でよければ、しばらく住めばどうか」と声をかけてくれた。

実話誌とは、芸能ゴシップとアウトローの動向を抱き合わせで扱う媒体のことだ。私が関わっていたのはヤクザの専門誌で、いわばアウトロー業界の「ロッキング・オン・ジャパン」といった風情だった。その雑誌で長年記事を書いていた先輩ライターが事務所として借りていた部屋が件のマンションというわけだ。そこに間借りするまで、私はそのマンションが界隈で有名とはまるで知らなかった。

その頃の生計の大半は実話誌で立てていた。地方に出向き親分らの話を聞いたこともある。取材後、せっかく東京から来たのだからと食事の誘いを受け、地元で評判のすき焼き屋に連れて行ってくれた。上等の肉だとはわかりはしても、ビールを注いでくれたりと何くれとなく気を使ってくれる側近が、どういう経験をすればそこに傷がつくのだろうか、眉間に明らかに刃による傷を持つ強面であれば、上等の肉であっても味わう余裕もない。

仲居が客である私や編集者ばかりが食べて、その若い衆が箸をつけていないのを見て、「私の作ったものが食べられないのか」と地元の訛りで言いつつ、彼の肩口をバンバン叩く。見ているこちらは気が気ではない。

彼らが見せる顔はあくまでこちらを客分として扱っているからで、それを勘違いして近づこうものなら当然ながら別の容貌を知ることになっただろう。まして彼らに憧れを持つ気持ちなどさらさらない。努めて一線を引こうとは思っていた。

先輩ライターは彼らに肉薄してルポを書いていた。私は彼らの内情にとことん迫ることはまったくしておらず、上辺をさらっていただけだ。

浅い内容ではあったが、実話誌の仕事をして良かったと思うのは、ヤクザもまた市井の人と同じ顔を持つという当たり前の事実を知ったことだ。取材で出会った中には結婚して子供がいる人もいた。我が子の成長を喜ぶといった話から彼らの普段の暮らしの断片が窺えた。あるいは年をとってあちこちが痛いといった、人生のある時期を境に誰しもが悩むことを口にした。

加えて、ヤクザは暴力を背景にしながらも、単に腕力が強いだけでは人を束ねる力量にとうてい繋がらないのだと知れたことも収穫と言える。普通なら匙を投げる荒くれ者や半端者でも、ともかく生きていくだけの余地を残す。器量や度量という言葉がかつて持っていた意味合いを彼らに接してみて思い返された。

とは言え、表の世界で目先の利益や効率を尊ぶ小利口な人が幅を効かせるようになっているように、裏の世界でも「器」といった数値化などできるわけもない人間のスケールに関して、彼らの間でも価値を置かなくなっている傾向を感じた。

いつしか報道においては「ヤクザ」ではなく、もっぱら「暴力団」の名称が使われるようになった。命名した警察にすれば、ヤクザが任俠、極道を自負するなど実態に程遠く、暴力こそが彼らの本質だと、徹底周知したかったのだろう。

強きを挫き弱きを助けなどファンタジーであり、そのため身も蓋もない「暴力団」という呼称こそが彼らにはふさわしいというのも事実だ。そうではありながら庶民が暴力と無縁でいられるのもまた幻想で、いざとなれば誰しも私的な欲望を果たすために暴力を用いる。生きるために。

ヤクザと違って堅気とされる私たちは、まともな社会生活を送っている。そう思っている。だが、そのまともさを支えるインフラや法律、その他さまざまなシステムがダウンした途端、自らの存在を実力で確保する必要に迫られるだろう。その「実力」には当然ながら「他者を排する」ことが否応なく関わり、時にそれは暴力を含む。生きていくことと抜き差しならない関係にあるのが暴力だ。それをできるだけ見ないようにしている普通の暮らしがいかほどまともであるのだろう。

そんなことを考えるようになったところで、彼らをよりよく理解したい気持ちになどまったくならないのは、日々マンションで出会う人たちが本当にもう剣呑な雰囲気が全開だからだ。白いパンツに黄色のシャツ、ガニ股で歩くといった「いかにも」な風体の人もいたが、年が下るほどに一般と見分けがつかない傾向を感じた。中には丸の内にいそうなビジネスパーソンに見えなくもない人もいて、物腰も丁寧なのでかえって怖い。敬して遠ざけるにしくはない。がしかし、せっかくの機会だから観察したいという下心も抑えきれない。

だとしても親しげに話しかけるわけにもいかなかった。その折衷が棟内で出会う人たちに片端から「おはようございます」「ご苦労様です」と挨拶するということで、大抵は「おう！」

と返事してくれた。そうしている間は、足を止め彼らを見たとて咎められることはない。何もなしにちらりと見たとすれば、そういうところでは鼻が利く彼らのことだから、「何見てんだ？」ということになりかねない。

エレベーターの中で居合わせたり廊下ですれ違う中で場違いに感じたのは、ベビーカーを押すロシア人と思しき若い女性だった。歌舞伎町や錦糸町の飲食街ではロシアに限らず、ひと頃はコロンビアやルーマニアから仕事を求めて女性たちが集まっていた。また新大久保あたりで街娼として道端に立っている姿をよく見た。

彼女が極東の島にやって来、しかもヤクザと夫婦になる道を選んだ理由は彼女の胸のうちにある。それがどうあれ、私が気になったのは可愛らしい赤ん坊を前にしても、ついぞ笑みを浮かべた姿を見かけなかったことだ。

暴力を生業とするもの。そして、その周辺に集う人にはそれなりの事情があるだろう。成り行きと選択の絡み合いがもたらすのはそれでもただの生活であり、そこに良いも悪いもないと思うと、ひときわ目を引くのは、マンションの管理人室に貼られた「暴力団追放」と大書されたポスターだった。秩序の安寧とその埒外で生きていくことが日常として同居していて、そこに彼らにとっての幸福があるならばどういう顔つきをしているのだろう。

無頼もアウトローも社会から放逐された存在を指す。威勢を張ったとて、明日をも知れぬ我が身を支えるのは暴力だけでは心もとない。マンションに一歩入ると独特の暗さを感じた。

それは住人たちの寄る辺なさのせいだったのかもしれない。部屋にいると、そうした念を感じて仕方がなく、すすり泣きを聞かされるような湿った雰囲気に堪りかねて、しばしば喫茶店に逃げ込んだ。

紀伊國屋書店の近くにかつてトップスビルがあり、この一、二階にあったニュートップスとその近くにあったウェルテルをよく利用した。どちらの喫茶店もＡＢＣマートとみずほ銀行を両側に据えた新宿モア４番街に近い。

新宿通りには今はグッチやコーチなどハイブランドの店が軒を並べており、取りすました顔のつながりで新宿モア４番街を捉えてしまいがちなのは、道路を利用したオープンカフェが設置され、何となくお洒落な空間に見えてしまうからだ。だが以前はこの辺りには常にホームレスの姿があった。オープンカフェは浄化作戦の一端を担ったのだろう。歌舞伎町に近づくほど猥雑で饐えた臭いが強まったのが、かつての新宿だった。

息抜きに喫茶店を利用したにもかかわらず、やはり怖いもの見たさの気持ちはあって、そこで出かけたのが風林会館の喫茶店「パリジェンヌ」だ。今は知らないが当時はホストが開店前のミーティングを行っては気合いを入れていたり、ヤクザが集って何やら話し合っていた。私が歌舞伎町で暮らし始める前に中国マフィアが店内でトカレフを発砲する事件も起きていた。ともかく今では決して嗅ぐことのない不穏な雰囲気が立ち込めていて、しばらくその場に身を置き、彼らを眺めているだけで飽きなかった。

自分が得難い経験をしているとは思っても、いわばサメが回遊するような環境に身を置いているわけで気の休まる暇はなく、実際熟睡できない日々が続いていた。それにいつまでも間借りの部屋住み生活をするわけにもいかない。またぞろ文化的な生活を手中にしたいという、どうにも中産階級っぽい願望が頭をもたげ始めた。そこで次に選んだのが歌舞伎町とは真反対の千駄木だった。鷗外や漱石、高村光太郎も住んだ文教地区である。

引っ越し当日、運送会社からは学生のアルバイトが二人やって来た。荷物の大半は書籍で、荷造りした人はわかるが、これは段ボールのなりは小さくても抱えてみると腰に来る重さだ。アルバイトが荷物を持ち上げてチッと舌打ちしたのを見逃さなかった。

そこで私は彼らに「ここがどういうマンションか知っている?」と問いかけた。「知らない」と即答したので、ここの住人の特徴を伝え、「とりあえずすれ違った人には元気よく挨拶をしてくださいね」と伝えると、彼らの態度はいっぺんに改まり、愚痴をこぼすことなくキビキビと作業し始めた。

こうして半年ほどの歌舞伎町暮らしを終え、東京を離れるまで暮らすことになる千駄木での生活が始まった。

千駄木、感情教育の始まり

千駄木駅近く、三崎坂の脇に店を構える老舗の菊見せんべいには、ハッピーターンの鼻祖ではないかと思わせる「めずらしせんべい」がある。舌に広がる甘さと塩っぱさのせめぎ合いの勝敗の行く末を確かめる内に、せんべいを摘んでは口に放り込む運動があたかも無限軌道のように止まらなくなる。この病みつきの感覚を求め、荻窪に住んでいた時分からたまに買いに来ていた。

せんべいを買った後に付近をぶらりと散策すれば、目前に乱歩の『D坂の殺人事件』で知られた団子坂《だんござか》が控えており、坂を登りきって右手に曲がると鷗外の住んでいた観潮楼跡に行き当たる。名前からわかる通り、かつてはこの辺りから品川沖が見えたそうだ。坂のある街が好きなのは神戸で生まれ育ったせいだろう。平地だとどうにも落ち着きがなくなる。

新宿・歌舞伎町から千駄木に移ったのは以前から街並みが気に入っていたのに加え、当時つき合っていた人が千駄木から歩いて数分ほどの本駒込に住んでいたからだ。私の住まいは団子坂と武者小路千家のある狸坂《たぬきざか》に挟まれたごく細い大給坂《おぎゅうざか》を上りきった先のマンションだった。ここから彼女のマンションまでは八〇〇メートルほどの距離。

しかし、この物理的な近さが感情の結びつきを必ずしも深くへとは導かないと後々知ることになった。彼女との二年に渡る交際は、人と人とがわかり合うプロセスを阻む隔たりは何がもたらしているのか。そして、それを埋めるにはどうすればいいのかといった謎の解明に当てられた。

私は自分の感情や気持ちを言葉にする経験がほとんどなかったことに、彼女と交際するまで気づけなかった。いわば生まれて初めて情操教育を自らに施すことになったわけだ。千駄木で暮らした一〇年余りは感情のリハビリを行った期間でもあった。

越した直後、知り合って長い友人とご飯を食べた。彼女とは定期的に会う仲だった。ひとしきり話した後、彼女は箸を置くと不意にこう言った。

「知り合って長いのにいつも初めて会ったばかりでそこから打ち解けていくみたいな、この距離感を詰めていく感じ。全然変わらないよね！」

彼女は私を詰《なじ》っているわけではなかった。また実際に私の態度は冷淡でもなかったと思う。ちゃんと話には答える。しかし、彼女にとっては答えてくれることがかえって面妖に思えるらしい。というのは「透明度の高いガラス越しに話しかけてくる感じ」が拭えないからだそうだ。

会話というのはテニスのラリーみたいなものだとして、親しくなると近い間合いで時にダイレクトにボレーしたりするのだろう。私の場合は打ち合っていたつもりなのに、気づいたら相手に「ひとりでガラス窓に壁打ちしていた」といった感覚へと陥らせるようだ。でも相手もガラス越しに私の姿を認めはする。間柄が近しくなるほど互いを理解し合えるという期待を見事に裏切る。

当時は、「人の心がわからないこと」が問題だと思っていた。そう漏らすと「いや、人の心なんて誰しもわからないものだよ」と諭す人はたくさんいた。だが、そういう人ですら、「どうして君は人の心がわからないのか？　インタビュアーなんでしょ？」と、先に自分が口にしたセリフも忘れて言ったものだ。単に鈍感というレベルではないらしいのは日常会話は問題ないからだ。ただ、ちょっと距離を縮め始めた途端にどうにも話の通じようのないコミュニケーションの捻れを体験させるらしい。

私にとっては自然に行っていることなので、相手が抱く違和感を説明するのは骨が折れるのだが、たとえて言うなら陸上競技のハードルだ。アフォーダンスの観点からすれば、ハードルを見ると跨ぐなり飛び越える動作を誘われるはずだ。だが、私にとって目の前に現れたハードルはリンボーダンスのように下を潜っていくことをアフォードしている。その妙な独自性を発揮すると、漏れなく他人との会話がギクシャクする。「はて、いったい何を話していたのだったか」といったように、話が行方不明になってしまう。

最近では広汎性発達障害や自閉症スペクトラム傾向が強いと言われるのだろう。

けれども起きている現象そのものを受け止めるのではなく、症例という名の出来合いの言葉に言い換えて安心する一連の行為はひどく退屈だ。名前が腑に落ちたところで、自分のあり方に何も変化が生じないのではないかと思うからだ。一方でコミュニケーションがうまくいかなければ不具合を感じることが多いのも事実だ。いつか相手に徒労感を与えるような自分のあり方を変えたかった。

かと言って具体的な取り組みはいつも事後策でしかなく、トラブルが起きるごとに「ここを抑えておけばとりあえず人間関係は破綻しない」と人の心の忖度《そんたく》の仕方や気持ちのあわい、情緒に関する考えを獲得していった。それではいつまで経っても「弱いロボット」のままで、その時その場で生じた出来事に応じた最適な振る舞いをするには至らない。すでに学習した内容以上の事態が起きるとやっぱり混乱していた。

特に動揺したのは、怒りの感情に触れる時だった。私にとって長らく怒りという感情は謎だった。背景には活火山の如く常に怒っていた父がいる。彼には自分以外の人間の一挙手一投足が怒りの対象だった。

たとえば横断歩道の信号が青に変わった瞬間に歩き出さなかったという理由でひどく怒られたことがある。「なぜ人に先んじて歩き出さない。そこにおまえの甘さが現れている」云々と、一事が万事この調子であり、幼い頃から理不尽な怒りをぶつけられた結果、身をすくませることを覚えた。反論してはさらに怒られるため「自分は無力だ」と思うことが唯一怒鳴られてる時間をやり過ごす方法だと体得してしまった。

本当に感じていることを言っては怒られる。身の内に巣食ってしまった恐怖が人間関係を結ぶ上でのベースになっていた。そうなると人との関わりは決して親密になりはしない。相手に深く踏み込んでしまっては怒らせるかもしれないからだ。

怒りを異様に怖れた結果、ついには本当に自分が思っていることを口にせず、自身が誰かに怒ることも躊躇うようになった。喜怒哀楽の感情を心置きなく表せるのが深い交わりとすれば、私はそれを徹底して避けた。

交際していた彼女と出会ったのは、怒りと親密さのメカニズムを知るずいぶん前のことで、だからまだ感情に関する学習は始まっておらず、「弱いロボット」っぽさがむき出しだった。

彼女はよく怒っていた。それは私が彼女を怒らせていたからだ。けれども、「恋人だったらご飯をつくってくれるのが当然」とかくだらない束縛とか、そういうことで怒らせたのではない。私がうまく彼女の気持ちを類推できない時に「どうしてあなたはわからないのか」と怒った。後年、彼女の怒りの中に悲しみがあり、それは「わかって欲しい」という切実さが含まれていたと知るのだが、その頃は怒りはただ怒りとしてしか受け取ることができなかった。

普通であれば「そうやって言うけれど、自分の気持ちをわかって欲しいばっかりじゃないか」とか「わからないものは仕方ないだろ。君だって完璧じゃないんだろう」と感情的な反発があるだろうし、彼女も当然そういうリアクションがあると思っていたようだ。ところが私の場合はそうはならない。そうした期待にはまったく応えない。

まず彼女が怒ると「何か悪いことしたのかな」と反省モードに入ってしまう。あるいは「君が怒っているのは、カクカクシカジカの理由からなのだろうか？」と分析して、しかも口にしてしまう。どちらもさらに怒らせる。備長炭くらい燃え盛る。

当時は心底わからなかったのだが、反省モードとは自分の内に引きこもってしまうことで、それは相手と関係なくなり自己完結してしまうことだ。そうなってしまうと、彼女の中では「勝手に反省してるけどさ、それだと私関係なくない？」ということになっていたのだと時間が経ってから理解した。

次いで分析は言わずもがなで、相手が感情的になっているのに一方が冷静だと「バカにされている」感覚を与える、らしい。

私としては誤解を解きたいし、相手を理解したい一心の発言だった。

だが、この考えも曲者で「誤解を解きたい」という構えには、「相手のほうが間違っている」が初期設定としてあることに気づけなかった。加えて「理解したい」も相手の行動の軌跡であって、今起きている事柄ではない。これもまた目の前にいる人を無視した行為だ。というのを新たなプログラムとして自分に叩き込んでいたのだった。

一度、「怒りに怒りで返したらさらに怒るんでしょう？」と聞いたら、「当たり前でしょう

が！」と言われて、キョトンとした。意味がまったくわからなかったのだが、しばらくして

「そうか！　人は感情の応酬自体を理解のプロセスとみなしているのだ」と発見して感動した。ユリイカ！　と叫びたいくらいの気持ちだった。

事の顚末はもう覚えていないが、彼女にとってひどく腹立たしく、そして悲しいことを私がしでかしたことがあった。それから一週間ばかり電話をしてもいつも留守番メッセージに切り替わり、連絡がとれなくなった。さらに数日経って連絡したらようやく電話に出てくれた。「久しぶり。元気にしてた？」といった、これまたよそよそしい切り出しで話をした。

何だかわからないままに謝るのはよくないのだろうけれど、そんなにまでして怒るというからには相当の理由があるはずだ。そう思いはしても、つき合いの中でそれなりに学んだのは「何で怒ったの？」と尋ねてもどうやら逆効果だとは理解するようになっていたので、「とにかく会いませんか」と言って、彼女の部屋に向かった。

ドアを開けた彼女は最後に会った日に比べたら清々しい顔をしていたから、ホッとしたのも束の間。部屋に上がると大きなビニール袋が動線を遮るように置いてあり、中を見るや「アー！」と思わず大声をあげてしまった。それは彼女の部屋に置いていた、私の大のお気に入りのライダーズジャケットだった。あまりにも気に入り過ぎてほとんど袖を通したことがない（気に入って買った服や靴下は一〇年以上保つのだが、その訳はほとんど身につけないから

である)。

そのライダーズジャケットはコットン製でも遠目にはレザーに見えるような光沢があり、しっかりとした生地で撥水も抜群でとにかくかっこいいものだった。それがズタズタに破かれ、ビニール袋に無残に放り込まれていた。

アーッ!!!　と叫んだ後、ごく自然にこう続けた。


「服がかわいそう」


それを聞いた彼女はヘナヘナと崩れ落ち、ハァーと落胆の溜息を漏らした。人間の眉があんなにもハの字になるのを初めて見た。

「あれ、またやらかした?」と思い、「いや、ほら、ほとんど着てないしさ」と言ったのだけど、彼女は「そうか」と呟くとタバコに火をつけ、また「そうか」と口にし、ふふふと笑い出した。

これだけを読むと、彼女はひどいことをしていると思うかもしれない。実際、彼女は後に「ひどいことをしているとわかっていた」と言っていた。なぜなら私がすごく大切にしていると知って破っていたからだ。表面上の〝ひどい〟の底に何があるかというと、暖簾に腕押し、糠に釘の私に少しは自分の怒りや悲しみをわかって欲しくてやったのだ。「それほどまでに悲しかったのか」という私のリアクションを期待していたのに第一声が「服がかわいそう」と来たものだ。

「なに？　それじゃ私の気持ちはどうでもいいの？」と彼女が思うのも当然だ、とこれまた後に考えてわかったものの、その場では彼女の心の機微がわからない。

ひどくややこしいことには、「よくもオレが大切にしている服を切り裂いたな！」と怒ったわけでもなく、彼女に「どうしてこんなことをしたんだ！」と怒りをぶつけたわけでもないことだ。怒りは一切ない。

万物に生命は宿るではないけれど、服としての命をまっとうさせてあげられなかったことに「かわいそう」と思ってしまった。服の命を感じても恋人の感情には気づかないのは、やっぱりどうかしているのかもしれない。

この事件を機に彼女はこう思ったそうだ。「〝人の心なんてわからない〟と普段から言っていたけれど、自分もわかって欲しいと期待していたんだって気づいた。だから本当にあなたには期待しても仕方がないんだと諦めがついたわ」

それからはあまり怒らなくなった。その代わり似たような発言をして、彼女が「それ、どういうこと」と言って私が困った顔をすると、「レトリーバーみたいな顔するな」と突っ込むようになった。

「レトリーバーはいたずらをして飼い主に叱られても『僕、わかんない』って顔するでしょ。

それにそっくりなんだよね」

　情操教育のおかげでコミュニケーションの段階はロボットからレトリーバーに昇格したようだ。

二〇一一年三月一一日

　千駄木界隈は町が壊滅するような空襲を受けなかったため、明治以前の町割りがまだ少しは残っている。週末ともなればカメラ片手に訪れる人も多い。この辺りはネコが屯《たむ》ろするのでも知られており、それを受けてか芸大生の手による木彫りネコが商店街の屋根を飾っていた。ネコたちが夜の会合に集まる夕焼けだんだん辺りに限らず、路地を歩けばネコの姿を見かけるのは普通だった。

　二〇〇〇年代半ばに入ると海外からの観光客、とりわけフランス人が目立つようになった。やがて商店街の商いの対象も地元に住む人向けから次第に観光客相手に移行し始めた。街を覆う変化の兆しに歩調を揃えるかのように私の住んでいたマンションの真ん前の、江戸期からさほど変わらない道幅の坂道が拡張された。八年も住めば変化は否応なく訪れるにしても、街への親しみが次第に剥離していく感覚を覚えるようになっていた。

その日は新宿御苑のデザイン事務所で個人サイトを立ち上げるための打ち合わせを行っていた。あらかたの話を終えて雑談が交じり始めた頃合いとなり、一息入れたいと思っていたら足を置いていたはずの床がずれるように揺れた。

東京に住むようになってからは、地震が起きるのは当たり前でいちいち驚いていたら身がもたないと思うようになっていた。この日も「直に収まるだろう」と思い、余裕と期待をもって揺れに臨むのを当然とした。案に相違して強い揺れが続いたが、それでも机に手をかけ姿勢を保つことに専念した。地は止まることを忘れたようにゆさゆさと揺れ続け、コンクリートが突如ぐにゃりと柔らかくなったように感じられた。尋常ではない。打ち合わせ相手もそう感じたようで「出よう」と言い放つと、その声をきっかけにドアを飛び出し、階段を急いで駆け下りた。

御苑前には続々と人が集まり、誰もがついさっきまで経験した揺れを時折ひどく甲高い調子の笑い声を交えつつ興奮した口ぶりで口々に言い合っていた。まだ東北で起きていることを私たちは知らなかった。

再び地面が大きく揺れ悲鳴が上がる。目の前のビルから鉢植えが落下した。何かがぐしゃりと潰れる鈍い音が遠くで聞こえた。目前のビルの揺らぎを見ていると一九九五年の神戸の震災では、足払いをかけられたかのように横倒しになったビルの群れがあったのを思い出した。いくら頑丈に見えてもありえないような倒壊の仕方をするのだったと思い返すと自宅の様子が気になり千駄木に帰ることにした。

まずは駅の様子を見てからと新宿駅へ向かう。やはり電車は止まっており構内への入場に規制がかかっているのか、新宿駅の東南口広場は大勢の人で溢れていた。しきりとiPhoneの画面を見つめては状況の確認に勤しんでも誰ひとり歩き出す気配がない。互いの不安を持ち寄ってはいても、寄り添うでもなくただ群れている。また大きく揺れた。駅そばのフラッグスが撓み、遠くの高層ビルが歪むのが見えた。倒れるんじゃないか。そう思っていたのは私だけではないのだろう。間近にいた男性がそばの女性に「免震されているから大丈夫だよ」と安心させようとして強い調子で言い、その声を打ち消すように悲鳴が起きた。窓ガラスでも落下したのか爆ぜる音が辺りに響いた。

不安な気持ちが広場でとぐろを巻いていた。私はそれに飲み込まれたくなかったので歩き始めた。「不安を分かつ人たちと違う方向を選ばなくては」と根拠はないが、そんな思いが体の内から湧いて出てきた。加えて家に戻るまで地図アプリを見るまいと心に決めた。どうやらこれから先に起きる出来事に対しては、直感で決めないといけないと思ったのだろう。大体の方角をあてにして、伊勢丹から花園神社をかすめ抜弁天から江戸川橋方面に向かった。

目白通りに行き当たる。走る車の数がいつもよりも少ない。赤信号で止まる車のそれぞれの気配がどこか腰が退け、萎縮しているように感じた。いつもなら先を急ぐような面持ちを浮かべるトラックの運転手の表情。日常をこれまで通り続けていいものか思案しかねている心持ちを車自体が映しているように感じられた。

通りを渡り、首都高を潜った時点で方向感覚が働かず、どちらに進めばいいかわからなくなった。あまり暗くならない内に家に戻りたい。禁を破って地図を見る。都会育ちであるのに急に野性の勘が働くのを期待するのは都合が良過ぎるようだ。しっかりと覚えて、再び歩き出す。喉の渇きを覚えたので、コンビニに立ち寄ると早くも水とトイレットペーパー、おにぎりといった食品が品薄となっていた。ペットボトルを買い、喉を潤しつつ、小石川まで辿り着くと、以前一度来たものの場所がわからなくなって足が遠のいていた天然酵母のパン屋を見つけた。オーナーはこのような日にもかかわらず店を閉めずに営業していた。中を覗くとパンはほぼ売り切れていた。残っていたカンパーニュをひとつ買う。腹は減ってはいない。パンは保存食だからという考えもあったかもしれないが、日が落ち暗がりが目立ち始めた中にさしかける店の灯りに何とも言えない安堵を感じ、いわばパンを買うのは言い訳であった。

小石川植物園を過ぎて白山下まで来ると、あとは慣れた景色が続くようになる。惣菜屋はいつものように営業しており、買い物客もいるにはいるが、誰しも心ここにあらずの緊張と弛緩ないまぜの表情をしている。起きてしまったことへの不安と「大丈夫だ」と言い聞かせる気持ちがせめぎ合っている。私もそうだった。希望的観測はなるべく捨てようと思い、千駄木のマンションに着いた。あのような揺れであれば部屋の中はひどいことになっているだろうと思ったが、本が二冊ばかり床に落ちているだけであった。

　テレビは持っていなかったので、その日からはネット配信される映像とツイッターで拾える情報を僅かの仮眠を除いて見続けた。食事はカンパーニュを食べ終えると、水に浸した玄米をそのまま齧るだけで済ませた。気が昂って食欲も睡眠もあまり必要を感じない。

　津波が街を人を押し流した翌日、福島第一原発が爆発した。「来るべきものが来た」と思うと妙に落ち着いた心持ちになり、今すぐ東京を離れるべきかどうか自分に尋ねてみた。答えはすぐさま出た。ギリギリのところまで見据えてやろう。いざとなれば東海道を歩いて神戸へ向かえばいいだろうと腹をくくった。

　だが政府や東電の発表は「ギリギリのところ」を見極める決断をぼやかすような働きを随所に見せた。情報が錯綜し、把握できないことが多かったのは事実だろうが、政府も東電も起きている事柄を直接的に語ることを十分回避した文言を選び、記者からの質問に対して「確認します」と答えたものの、それへの答えはすぐにもたらされないか、時系列をわざと乱したとしか思えない示し方をしていた。報道の内容は、さながらツイッターのタイムラインでリツイートと取り消された発言と推論と希望と非難がごっちゃになったのとも似ていた。「来るべきものが来た」と告げる現実がある一方で、それを凌駕した現実感をメディア上で形成していた。

　誰もが批評家で警世家で、目の前で作られる現実感におろおろするか毅然と無視を決め込むか。考えても答えが出ないことに膨大な言葉が費やされていた。

確かあれは震災の翌日だった。

テレビの中継がネットでも見られ、リポーターは吉祥寺駅で取材をしていた。朝から会社に向かう人たちが押し寄せごった返していた。リポーターは「みなさん冷静です」と締めくくっていた。それを見て私は思わずモニターに向けて「違う」と叫んでしまった。冷静なのではない。習慣から離れられなくなっているだけだ。

どんな非日常の出来事が起きたとしても、一日はやって来ては過ぎていく。そこには悲喜《ひき》交々《こもごも》があり、代わり映えのしない凡庸な暮らしがあるのは間違いないことだ。だが、起きている事態を直視するのを止めるために、変わらない日常を強迫的に繰り返そうとするのは狂気に他ならない。これまでの日常を維持することに傾注しているとしたら、そこで起きているのは大切なことを考えないからに違いない。

その日、東京を離れようと思った。

第五章 福岡そして鹿児島編

福岡、二〇一三年

3・11の後、福岡に住まいを見つけた。一年半ほど東京と往復しつつ生活をしていたが、二〇一三年八月に千駄木のマンションを退居した。

福岡では不動産屋を巡って物件を探していた。そんなの当たり前だろ？　と思うかもしれない。だが、よくよく考えてみれば「そういうものだ」といつから思うようになったのか。不思議なのは、心当たりもないままに当然と思うようになった自分だ。

思い返せばいつも居心地の悪い思いをしていたのに、どうしてわざわざ不動産屋で部屋を探していたのだろう。居心地が悪いとは外国籍の場合、不動産屋が「入居できます」と返答しても、大家が断る例も今なお多いからだ。

それでも良心的な人に出会えたら、物件を内見することができた。それはそれで見えてきたことがあった。たとえば東京二三区では七万円以下の物件は建築物として異様に貧しい造りが多かった。キッチンに必要なはずの換気扇が玄関の脇に設置されている。建具がぺらぺらで物置の役に立ちそうにない。住人の生活ではなく作り手のコストの間に合わせに従った結果としてできあがったといった、およそまともに建築について考えたならば決して建てようと思わないはずの物件とたくさん巡りあった。不幸な出会いが多いにもかかわらず、私は「部屋を借りるのに不動産屋を通すしか方法がない」と思い込んでしまっていたのだ。

福岡でも家賃、間取りといった条件を入力して出てくる物件のどれも東京と似たり寄ったりで心ときめくものはなかった。部屋探しにも疲れ、一服しようとしてふと目に止まったのは、民家を改装した趣のある喫茶店だった。

珈琲を飲みつつ、どうしたものかと思案していると、凛とした佇まいのコムデギャルソンと思しき服を着た店主が声をかけてきた。東京から越す予定を話すと彼女はメモに地図を書きつけ、「ここに行くといいです」と言葉少なに、近くにあるマンションとその大家を紹介してくれた。半信半疑で大家宅に向かい事情を話す。すると「あの人の紹介ならば」と私について何も尋ねることなく、隣の敷地にあるマンションに案内すると部屋を見せてくれた。外観は東京の原宿で見た同潤会アパートにも似た簡素なつくり。その場で借りることを決めた。閑静な住宅街として知られる薬院大通りの一角にあるマンションの賃料は破格の二万五〇〇〇円。不動産屋にもインターネットにも載っていない物件だった。ちょうどノマドという語を見聞きするようになっていたこともあり、移住ではなく移動生活でも良かったかもしれない。

それでも完全に東京を引き払った理由は、福岡のお気に入りの店で食べる魚が肉厚で超絶に美味かったこともあった。東京の店でよく聞いた「今朝、築地で仕入れたばかりの」の文句はいったい何だったんだと思うくらいの代物なのだ。

ある日、福島第一原発から海に流れ込む汚染水の量は一日三〇〇トンにのぼるとニュースで聞いた。報道を頭の片隅に置きつつ、博多の居酒屋で刺身を食べ、舌鼓を打っていた。「回遊している魚であれば、汚染を免れない。いつまで魚を食べられるかわからないな」とぼんやり思いはしても、膨大過ぎる汚染水の量にまったくリアリティを覚えられない。

現実と触れ合える手がかりは、「どういうことが起きたとしても東京電力なら恬《てん》として恥じないだろう」というもので、そう見限れば最早怒りも湧いてこない。代わりに出るのは溜息で、実感できない三〇〇トンと嘆息とが相殺さえすれば現実をやり過ごせる感覚が知らぬ間に身の内に生じていた。原発の爆発と惨状をあたかも自然現象のように捉えている自分がいた。驚いた。なるほど何事もなかったかのような暮らしがある。都心のデパートに行けば一階の化粧品フロアは相変わらずキラキラしている。至る所で「本日も異常なし」の現実は引き続き存在している。

でも、誰しもどこかでこの現実に裂け目ができたことを知っている。起きたはずの取り返しのつかないことをこれまでの日常にふわっと着陸させる力が働いている。そこにはできるだけ目を向けない。

これは何かに似ている。記憶を探ると、広島と長崎で二回被爆した人が「爆弾が降るのも雨が降るのも変わらない」と漏らしたのを思い出した。それを聞いた時の衝撃といったらなかった。でも、自分の感慨もその人と変わらない。人為がもたらしたことを自然現象のように捉えてしまう。加えて、何であれ水に流してしまう。そういった感性の自然さに抵抗しなければいけないのではなかったか。

3・11の際に感じたはずだ。これまで通りのやり方で暮らすような、反復を続けることに安心感を覚えるのは何か違うと。オリンピック開催地の選考にあたっての記者会見で、東京五輪招致委員会の代表はこう言った。

「東京は福島から二五〇キロ離れているから安全だ」

「福島は安全ではないにしても、そこは我々の日常とは違うから」と聞こえてならない。分断してでもなおしがみつきたいと思える、そんな従来のシステムから抜け出たいと思ったはずだった。移住した先でいい感じのノマド生活をしたいわけではなかった。

それにしてもなぜ福岡に居を定めたのか。土地勘はあまりないし、知り合いもほとんどいない。わずかな繋がりと言えば、先述の歌舞伎町での暮らしでも触れた、ヤクザ業界の専門誌の取材で二〇〇四年に福岡を訪れたことがあるだけだ。

東京を離れて暮らす先は、生まれた神戸でも良かったはずだ。ただ神戸は二〇世紀の生活様式にまどろんでいる感じがして、住む気にならなかった。とりわけ阪神大震災を経験しながらも、タワーマンションがどんどん建っている様は無惨に思えた。喉元過ぎれば熱さを忘れるのだろうとは言え、苦々しい思いをした。建築家やデベロッパーはわかっているはずだ。将来的にタワーマンションが不良債権化することを。加えて、野村総合研究所によれば、二〇〇三年のペースで新築（約一二〇万戸）を造り続けた場合、三〇年後の二〇四〇年には空き家率が四三パーセントにのぼると予測されている。目先のことしか考えられなくてもやって来れたのが二〇世紀までとすれば、そこから離れられない神戸は移住候補地から早々に外れた。

では福岡はどうだろう。

都心の再開発は目覚ましく、バブル感がいまだに漂う。神戸を敬遠した理屈からすれば、選択肢に入らないはずだ。けれども決め手になったのは、冒頭の福岡のマンションが見つかるまでの経緯が示すように、それまでに経験したことのない人との結びつき方を垣間見たからだ。私が何者であるかを証明するのは履歴書でも所得でもなく、「誰の紹介なのか」による。人の目方はデータでは測れない。目利きできる人の器量にかかっている。このような判断の仕方があるとは知っていても、私自身が体験したことはなかった。

不動産の掘り出し物に限らず、有用な情報を得るにはしかるべき手順を踏まなくてはならないし、サービスを受けるには対価としての金銭が必要だ。秩序立ったシステムに乗らないと日常生活は送れないと私はすっかり思い込んでいた。それは人間同士のナマなやりとり抜きで行われる。そのほうが効率がいいからだ。

しかし福岡に来て、こう思うようになった。整頓されたシステムを利用しなければ暮らせない。そういう不自由さを利便性と呼んでいるのかもしれないと。

検索すれば何でも表に出てくる。そう思えてしまうのが情報化社会ではあるが、本当に知りたいことはまだ情報になっていないところにある。そういう意味で最も情報豊かなのは生身の人間だ。そこからは機械相手のように検索という行為によって知りたいことを随意に引き出せない。対面する者の存在に応じて開かれる。気に入らない相手であれば、開示されないこともある。それをオープンではないと言うこともできる。だから時間をかけて話すという行為が生まれもする。

人が人に応答するとは、体と体を照らし合わせてのことだ。完全に情報に断片化されない体が擦れて生まれるコミュニケーションがこの地にはまだあると感じた。それが福岡に決めた理由のひとつで、そう思うとかつてヤクザの取材に訪れた際にも似たような匂いを嗅いだことがあったと気づく。

待ち合わせのホテルのラウンジに着けば、若い衆がぞろりと並んでいた。挨拶を済ませ、いざ移動する段になると、若い衆が両脇をかため花道めいた動線が歩道を突っ切り案内された車まで延びている。通行人はこうした光景に慣れているのか、私たちが通るまで待っている。車に乗り込むと今度は若い衆が道路に走り出て、頭を下げつつ手を広げて後続の車を停めた。すべてが演劇的に見えたのは気のせいではなく、彼らは明らかに自身が保持している力を見せようとしていた。

私は後ろを振り返り、止められた車の運転手らの表情を見た。ホテルのラウンジにいた他の客もそうだったが、どうも「そういうものだ」と理解しているような節があった。「そういうものだ」というのは、世の中は堅気による堅気のための法や秩序で成り立ってはいるけれど、表があれば裏があるように、それとは別のロジックや存在が、この社会には歴然とあるんだ、ということへの同意がなされている。そういう了解の仕方のことだ。ここでの社会はあくまで福岡というローカルな土地のことだ。

どれだけの時間、車に乗っていたのか記憶に定かではない。その一方で同乗したA親分の携帯のメロディがDA PUMPだったのとネクタイがミッキーマウスの織り込まれた黄色いネクタイだったことは克明に覚えている。やがて本部らしき建物に着くと、「ごくろうさまです」の合唱に迎えられ、玄関に入ると真ん前には虎の剝製がデンと据えられていた。

脇には若い衆の詰め所の部屋があり、そこに一二面くらいのモニターが建物に取りつけられた監視カメラの映像を常時映していた。ただし、その内の二つはバラエティ番組を流しており、若い衆はお茶を飲みながら画面を眺めていた。

大広間に集まった親分たちに一時間ばかりインタビューを行う。むろん私たちは客人であり、ジャーナリスティックな迫り方をするような媒体でもないので、和やかな雰囲気ではあるから、何を尋ねようとも彼らの一側面しか見えない。それは重々承知の上ではあるが、話をしている最中に靴下についた毛玉を取ってみたり、お茶を飲むしぐさに「いつもこういう感じで啜った上で卓上に置くのだろうな」といった、その人のまとっている生活の柄を感じると、自然と彼らの普段の立ち居振る舞いみたいなものが見えてくる。家へ帰れば家庭があり、そこでは夫であり、父であり、時には「最近、子供が話をしてくれない」みたいな悩みもあったりと、凡庸な生活者の顔をやっぱり持っているという、ありきたりの事実が浮かぶのだった。

インタビュー後、Aさんの車で再び市内へ。ホテルへ向かうのかと思いきや、車は博多の祭事「博多祇園山笠」を行う櫛田神社に着いた。私たちを積極的に案内するでもないような足取りで境内を先導して歩く。Aさんは「もうすぐ山笠が始まるんですよ」と、それきり言葉を切り上げた。私は彼の言葉の引き取り方に郷土への愛着を感じた。共感を強いはしない。けれどもしてくれると嬉しい。その表立たない感情を見せることが彼なりのおもてなしだという所作に好感を覚えた。

愛着といった思い入れの絡まりあいと累積がしがらみになりもすれば、「他ならぬあの人が言うのであれば」といった法や秩序よりも優先する掟が働くことにもなる。掟は検索しても表出しない。掟のある土地に生まれたものにとっては重く、息苦しいこともあるだろう。私の人生にはなかった重さではある。

メゾンプールサイド

入居を決めたマンションにはプールサイドという名前がついていた。敷地に隣接して大家のTさん宅があり、そのすぐ裏がかつてはプールだったからだ。現在は高級老人ホームになっている。その頃はお宅の庭には竹と立派な桜が生えていた。大家さんと同居していた姑がお茶の師範をしており、この方は風雅を解する御仁であったようで、庭もきちんと手入れされていたそうだ。

私が越した当時、竹はわずかに残っていたものの、大半は家庭菜園と雑草が生えてこないように被せられた黒いマルチシートが地面を這っている姿を認めるばかりであった。

「何で切ってしまったんかね。もうほんと見事な桜よ」と春が来れば必ず漏らすのは、このマンションを紹介してくれた件の喫茶店の店主のヒラノさんで、「そういうことに興味がなかとよね」と合いの手を入れるのはヒラノさんの喫茶店の向かいで食堂を切り盛りするササキさんだ。ふたりともプールサイドに住み始めて長い。

「そういうこと」とは風流についてで、大家のTさんは姑が亡くなると、桜が邪魔だとの理由で切り倒し、コレクションの茶碗も二束三文で売り払った。

マンションは二棟あって、ひとつは四階建、もうひとつは三階建で、私は四階建の棟の三階に住んでいた。もともとは四〇年ほど前に学生向けに作られたマンションだから、部屋は六畳ほどの広さにキッチンと小さな物置（といっても空間の真ん中に配水管が通っていたので純粋に物置としては使えない）で構成されていて、また内装も砂壁天井の和室然としたものだった。

部屋の中には洗濯機を置くスペースもなく、廊下の突き当たりにコイン式の共用の洗濯機があった。水回りについて言えば、今でこそユニットバスが設えてあるが、当時は風呂はなく、代わりに棟の二階に共用の風呂があった。時代が移ろうとプライベートスペースのない造作は不人気となり、ヒラノさんが入居する頃にはほとんど住人がおらず、閑散としていた。

ヒラノさんが部屋を借りるにあたって、部屋の中を全部白く塗ることを提案したところ、ひとつでも部屋が埋まるのならと思ったのか、Tさんは好きにさせてくれたそうだ。古びた壁板や建具もとりあえず白く塗っておけばそこそこおしゃれに見えてしまうのは昨今のカフェブームでご存じの通りだ。砂壁の狭い部屋も白く塗ればミニマリズムが体現されたと見えなくもない。

Tさんはかつては工学部の教授だった。何かにつけて「いや、どうも私は芸術まわりのことには疎くて」とおっしゃる人であった。「リノベーション」も芸術にカウントされるようで、私が入居する際に「白く塗りますか？　若い人はそういうのが好きみたいですし」と言ったので、合わせて備えつけのまるで利かないけれど場所は取るヒーターの撤去もしてもらった。Tさんは「あれを取りつけるのに費用がかかったんですけど、若い人の感性とは違うんですかね」と少し悲しそうに言うのだった。

プールサイドの家賃は口座からの引き落としではなく手渡しだった。私はTさんの都合をメールで尋ねた上で毎月お宅を訪れており、すると当然のようにリビングに招かれるので、そこで紅茶を飲み、お菓子をつまみ二時間ほど過ごしてから家賃を渡していた。そうして一年ほど経ってみて知ったのは、他の住人は前もって連絡せずともインターホンを鳴らし玄関先で渡すといった、ほんの数分で済ませていたことだ。古参のヒラノさんも家の中に入ったことがない。

私が招き入れられた理由はわからない。けれども、入居したての頃に工学部で制御を専門とされていたTさんの研究内容について質問を何気なくしたことがある。いろんな分野の人にインタビューをしてきたため、多方面に渡り浅い知識は持ち合わせており、退官して久しい彼にすれば、それくらいの知識であっても話し相手には良かったのかもしれない。

いつしか家賃を渡す目的は後退し、月に一度のお茶会といった趣が高まると同時に、以前は日東紅茶のティーパックとお茶うけに用意されたのはクッキーか煎餅だったものが、いつしかマリアージュフレールのマルコポーロと、マンションの近くにあるダックワーズ発祥の店として有名な「16区」で購入したアップルパイかブルーベリーパイ、ダックワーズ、それに加えてチョコレートが用意されるようになった。

Tさんのお連れ合いも大学で数学を教えておられた。だからというほど単純な話でもないだろうけれど、数値化することにとても熱心で、ご自身の血圧が高い傾向がわかった途端、食事の塩分量をきっちり計るようになったそうだ。その結果、毎日の献立はTさん曰く「家内は私の健康も気遣ってくれているようで」と前置きしつつも、「味がせんのですよ」とふと漏らした。どうも淡白を越えた食事だったようだ。

また、特に太っているわけではないけれど、「メタボになる恐れがある」とよく口にしていたのだが、これもきっと奥さんの意向を汲んでの発言ではなかったかと思う。お宅を訪れた際は、「この日だけは住人を招いてのお茶会だから」を口実におやつを食べるのも大目に見られているのだろう。結構な勢いで甘いものを食べていたところから想像された。フォークを使ってはパイ生地がポロポロと剝がれてしまう。それではパイ全体を味わう思いを満たせないし、食指が動く妨げになると思ってか、剝離するパイの破片が膝辺りに落ちるのも気にせず、指でパイを摘んでは口に運ぶのであった。

お茶会の際に話す内容は、Tさんが教授をしていた頃の研究や学会での出来事や私の仕事の内容が多く、似たような話題を回避するように繰り返していた。技術立国を謳っていた時代がかつて日本にはあった。当時、中国から国費留学でやって来た学生らは選抜を経て来日しただけに、非常に努力家で国家の将来を担う大志を持っていた。それに比べて教授人生の後半に出会った留学生はバイトばかりで学業は片手間で、研究の指導の甲斐があまりなかったと話された。その話題から「福岡も最近は海外からの観光客が多い」といった内容に移ろっていく。奥さんは学会で東欧やアメリカへ行ったこともあるけれど、たとえ国内旅行であっても地元を離れることにあまり乗り気ではない性分で、外国で背丈の小さい自身からすれば巨軀としか言い様のない外国人（と言っても、現地では外国人は日本人である奥さんなのだが）

とすれ違うことにさえ恐怖を覚える感性の持ち主だ。だから、福岡で外国人を多く見かけることを話す内容に、怯えの気配を感じてしまう。

排外主義とまでは言わない。けれども閑静な住宅街から屋敷が消え、マンションが建ち並ぶようになった景色の変化について、彼女は「この辺りもひったくりが増えて物騒になった」「他所から移って来た人が増えた」と話す。「ひったくりが増えたのは、他所から見知らぬ人が来たから」とは言わないけれど、二つの事実を完全に別の話題としてではなく、何となく連続性の中で話すのを聞くと、飲む紅茶に苦味がさす。

奥さんの、学究に関心はあっても世事についてあまり意欲的ではなく、多様な生き方よりは見知った人生に関心を注ぐありようの「善良」な気配に私は警戒心を持っていた。他所からやって来たから犯罪が増えたのでしょうか？　といった問い質しはしなかった。「あなたの目の前にいるのは他所からやって来た、しかも外国人なのですよ」と思いはしても、それは言わないでいた。本当のことを言わない。黙っておく。それもマイノリティがこの社会を生き延びる方便のひとつだ。

私は善良さの無垢がもたらす怖さを知っている。時と所を問わず、明確に自己を主張したいとも思わない。大家さんと奥さんご夫婦はいつも歓待してくれたと思う。というのは、お茶を飲み、家賃を支払って辞する際、必ず玄関まで送ってくださるのだが、特に奥さんの腰を曲げて「ありがとうございました」と礼をされる姿勢を見ると、最前までの会話の内容が紅茶を苦くするようなものであったとしても、何かハッとするところがあったからだ。

私たちはお礼をする際、頭だけを垂れて、ペコペコと何度もお辞儀をするのを礼だと思っている。けれども彼女は腰から曲げてお辞儀をする。その生活から滲み出て来た所作は、外国に出ることを億劫に感じる感性であり、狭い範囲だけで事足りる生活の中で磨かれて来たことかもしれない。だが、閉鎖的に見える感性にも由来があると気づくと、「本当のことを言わない。黙っておく」姿勢が果たして、フェアなのだろうかとしばしば考えるようになった。なぜなら黙っておくことで私はご夫婦と話のできる関係をコントロールする立場にいるのではないかと思ったからだ。

福岡には都合六年あまりいた。単純に計算すれば七二回ほど一緒にお茶を飲んだことになる。一回につき最低でも二時間あまりお話をしたが、ある時を境に奥さんの話が変わって来たのを感じた。「女の人が虐げられている。ちゃんと女も働けるような世の中にしないと」といったことを話されるようになった。何が彼女を変化させたのかわからない。私との会話が変化をもたらしたという確信はまるでない。元からそういう感性があったのに、私が「本当のことを言わない。黙っておく」態度を取っていたから見えなかったのかもしれない。

その頃から昔の話をされるようになった。すると「治安が悪くなった閑静な住宅街」は実は戦後に復員兵のためのバラックが建てられた所であり、マンションの前には小川が流れ、今は幹線道路になっている幅広い道路は舗装もされておらず、牛が荷を引くといった長閑な田舎であったという。

思い出話を聞かなければ閑静な住宅街から始まった記憶の持ち主としての彼女としか出会えなかった。小川の流れる畑に囲まれた丘陵地の裾野にたたずむ幼い頃の彼女を想像すると、私が恐れる善良さの枠組みの外にいる、今の奥さんと出会える気がした。

本当に本当の記憶

メゾンプールサイドの廊下をバタバタと音が響く。きっと足に合わないツッカケを履いているせいだろう。そう思っていると、やにわにドアがどんどんと叩かれる。小さな拳の立てる音だから威圧的ではない。

「ゆんた〜ん、お土産持ってきたよ」

ドアを開けると隣人のヒラノさんのお孫さんふたりが並んでいる。女の子はゴヨウちゃん、男の子はヒヅルくんという。「はい」とクッキーを渡される。

二人に出会ったのは、福岡に引っ越した年の冬で、ふたりのお母さんにあたるのがヒラノさんの娘さんのマイさん。お父さんは廃材を使った家具を作ったり、内装を手掛けたりしているタカヒトさん。夫妻の自宅兼工房でイベントがあり、それに顔を出した際、ゴヨウちゃんとヒヅルくんに出会った。

ヒヅルくんは当時、二歳で凛々しい顔立ちにふさわしい活発な子だった。「遊ぼう」と言われ、何の気なしに抱え上げて「高い高い」をしたところいたく気に入ったようだ。「ねぇ、もう一回」と言い、リクエストに答えてもう一回やると、「ねぇ、もう一回」とねだり、結局三〇分くらい「高い高い」をし続けた。冬であっても三〇分もやり続けると汗だくになる。

「あと一回だけだよ」「うん」

念を押して高く抱えておろすと、すかさず「もう一回」とせがむ。「あと一回だけって言ったじゃない」「ねぇ、あと一回！」。このやりとりを延々と繰り返した。

彼は約束を違えているのではないし、楽しいと感じたことをただ繰り返しているのでもなく、一回をその度に経験しているだけなのだろう。彼にとっては、さっき言ったことはさっきのことで、「この一回」だけが全部なのだ。そう思ったらこの子が飽きるまでやろうと決心した。

半時間ほど経って、マイさんが「もうその辺にしておきなさい」と言ったのでお開きになった。「この一回」だけが全部だとは言ったものの、子供との遊びの引き取り方も難しいものだなと感じた。というのは、楽しいことに没頭しているからといって、それが本心からなのかだんだんとわからなくなるのも確かで、刺激が惰性になっている怖れも十分にある。だから適度に切り上げることも必要なのだ。けれども切り上げ方が一般化できるわけもなく、そのタイミングを見計らうのは普段一緒に暮らすだとかで得られる肌感覚で体得されるものなのだろう。

一方、ゴヨウちゃんが「私も」と高い高いをせがんだのは一度だけだった。利発さを窺わせる黒々とした目をしていて、一見おとなしそうに見えるけれど、しっかりとした芯を感じさせる子だった。一度だけだったのは遠慮だったのか。それとも一度で満足したからなのかわからないけれど、ふたりは対照的に見えて何か本質が似通っている気がした。


あれからもう三年経ったが、ヒヅルくんは私を「ゆんたん」と呼ぶ。二歳のヒヅルくんには、周囲の言う「尹さん」が「ゆんたん」と聞こえ、「たん」も含めて名前だと記憶したからだろう。

「元気にしてた？」とよもやま話をしていたら、三階から見える大家のTさん宅の庭に実をつけた枇杷を目ざとく見つけ、ふたり揃って「取りたい」とせがむ。Tさんは「適当に枇杷を取っていいですよ」とお話だったので階下に降りると、交互に肩車し、枇杷をもがせた。満足いったのか、バイバーイと手を振ってまたヒヅルくんはバタバタと、ゴヨウちゃんは静かに駆けていく。時折、そんなふうにふたりに会えることが私にはギフトに思えてしまう。

梅雨も終わり、夏が到来すると日中は部屋の窓と玄関のドアを少しばかり開けておく。枇杷を取った日から数か月経ったある朝、「ゆんたーん」とヒヅルくんがドアから顔を覗かせた。廊下に出て話をするのだが、その際、彼は握手するでもない調子で私の手に触れてくる。この無防備な親密さの表出にじんわり来てしまう。

「ねぇ、これから散歩に行くんだけど、ドア開けておいてね」と言って、足早に駆けていく。私は部屋に戻り、窓辺に置いたパソコンに向かい原稿を書く。三〇分ほどすると、「ねーねー、ゆんたん」と背後から聞こえる。呼ばう声に導かれて行くと、ドアの隙間からすっと野花が差し出される。ヒヅルくんは近頃の子にしては珍しく膝を擦りむいていたり、全身を使って遊び、日々を暮らしている名残がそこかしこに見られる。

野性味を感じさせる彼が花を摘み、それを私にくれた。じゃあねと言って去っていく。私は彼の振る舞いに野趣の美しさをいつも感じる。花を水滴の形をしたガラスの花瓶に活けた。


福岡を去って一年後、一家の新しい住まいを訪れた。

玄界灘の望める山を自ら開き、石を積みと数年かけて建てた住まいの隅々にタカヒトさんの感性が行き渡っている。淹れていただいたコーヒーを飲みながらヒヅルくんとゴヨウちゃんに話しかけてみる。私のことを何となく覚えてはいても、以前のような近づき方をしない。彼は二歳の頃の「高い高い」のことなど忘れていた。

一瞬、取り残されたように思い、疼くような感覚が生じるが、私はそこにこだわるのをやめて、悲しさに浸るのではなく、それが過ぎ去るのを待つ。

ふたりは日々新たに生きている。忘れることがこの上もなくリアルなことなのだと思いながらコーヒーを飲む。思い出に囚われているのは、私だけだ。あくまでこちらが抱いた期待と違った反応に悲しみを感じただけ。そのすれ違いを寂しさで片づけ、感傷に置き換えてしまうのは、あの時に起きた出来事をそれこそ損なってしまう気がした。

なおのこと「だけど」と考えを続けてみる。思い出はいつも過去から離れられなくする足枷になるわけでもない。忘れられない、忘れたくない記憶が誰しもあるだろう。記憶は過去の事実そのものではない。「今思い出されるかつて」であり、現在と過去が交錯する。過ぎ去ったことが「過ぎ去ったこと」としてではなく、思い返される行為の中で過去が立ち上がる。しかし、共に経験したはずの出来事の記憶を共有できない時、人は故郷を失ったように感じてしまうだろう。

その一方で、湧き上がる郷愁をもたらす記憶は、本当は誰の記憶なのか？　と思う。寂しく感じたり、悔いたりと、私たちは思い出す風景に色をつけてしまう。それは映像の中の自分を置き去りにしたナレーションみたいなものなのかもしれない。自分の理解できる感情に合わせて過去を自分に向けて表現してしまうことは、編集であって起きた事実とは関係ない。

私は特にヒヅルくんとの出会いで、何の約束も取引もいらない、ただの交わりが人間を人間たらしめるのだということを改めて知ることができた。彼が抱っこをせがむ。見ず知らずの他人に自分を任せる。その身を乗り出す行為が信頼の初源にあるのだと確信できた。何かができるから、何かを所有しているから信頼が生まれるのではなく、ただ身を委ねる。差し伸べられた手を握る。それだけが人と人とを繋ぐ。それは真であり、手応えのないほど当たり前だから、彼は起きたことも交わした言葉も覚えていないのだ。本当の本当は話を聞き終えたら、相手の記憶にまったく残らないのだろう。

けれども私は覚えている。

私にとって彼と過ごした時間が大事なのは、「あんなことがあったね」と確認し、承認を求めるためではない。

記憶は通って来た道とは異なる行き先を知るためであって、見慣れた道を行きつ戻りつすることではないのだ。

「あの時、あんなことを話した」と後生大事にとっておける言葉の束と濃厚な記憶よりも、一瞬の接触の後はすれ違い、離れていく。この淡い出会いの確認できなさこそが最もリアルなのではないか。

鹿児島、二〇一七年

二〇一七年一月四日から三か月、鹿児島で暮らした。障害者支援施設「しょうぶ学園」を取材するためだ。園長の福森伸さんに会ったのは二〇一一年初夏で、福祉に詳しくない身ではあっても、他の施設と一線を画す存在だとはすぐに知れた。通常の福祉の考えでは、障害を持っている人を支援する際、たとえば食事がひとりで上手にできないだとか服がうまく着られないだとか、「できないところ」「足りないところ」があれば、それがちゃんとできるように支援する。だから決められた時間内に食事ができるようになることや着替えができるようになるのが「良い」という価値観で「障害者」を見てしまう。

福森さんはこう言う。

「何かができるようになることが良いと考えてしまうと強制になる。それをすることが幸せなのか？　と問うて欲しい。一二時から一三時の昼食の時間内にご飯を食べることができたとして、それでその人は幸せなのか。二時間かかっても、その人が満足するほうがいいのではないか？」

私はこれほどまでに「幸せなのか？」という根源的な問いかけに出会ったことがない。何かができるようになる。何かを得る。常に成長し、変わることに価値を置いていた。そのため毎回二時間かけて食事をする人がいたとしたら、それは「一時間で済ますことができない」状態だと捉えるほかなかった。

しかし、福森さんの見方はこうだ。どれだけ外部から働きかけようと自分のペースを保ち続けるとしたら、その人は自立しているのではないか。満足するために必要な時間のかけ方であれば、支援者はそれを保証する。それが福祉の仕事ではないか。そもそも福祉とは「幸福」を意味するのだから。

しょうぶ学園の取り組みのおもしろさに魅せられ、雑誌の企画で二回訪れた。それ以降は、書籍にまとめるあてがあるわけではないが、とにかくこの人の話を記録しておきたいという思いで年に数回、鹿児島を訪れた。

それにしても鹿児島に毎回降り立つと思うのは、街に漂う「明治維新で燃え尽きた」という気配だ。極めて個人的な印象であると承知しても、どうにも拭えない。鹿児島中央駅から天文館に至るまでの歩道には、スケッチブックを抱える黒田清輝や談論する樺山資紀と黒田清隆、駆ける大山巌らなどの偉人たちの銅像が据えられている。西郷隆盛や大久保利通の像は台座も丈高く、威圧するようにそびえているが、街中の像は実際よりも背丈は小さく作られているようで、その寸法が時の隔たりを埋める効果をもたらすのだろうか。スマートフォンを片手にしたスーツ姿やスニーカーを履いた人たちと街頭で通りすがりに出会うように、刀を差し、髷を結った人とすれ違うのも不思議に思わせない錯覚を起こさせる。

鹿児島が自身を語ろうとする際に明治維新を以てするのは、そこにアイデンティティを託しているからだろうけれど、一五〇〇年ほど前の出来事を連綿と、しかも県民の記憶として語り継げるとしたら、どういう幻想があって成り立つのだろう。はるか昔から、それこそ隼人《はやと》と呼ばれた以前からの長い時の流れがありながら、一五〇〇年前に一旦区切りがついたと思えるからこそ滑らかに共通の記憶として語れるのかもしれない。その語りの中心にいるのはやはり西郷なのだろう。

街のあちこちに「西郷」の名を認める。チョコレートに饅頭に焼酎にと、その名を冠したものが溢れている。西郷に関しては人物について多くの言がありはしても、彼にどのような政治思想があったのか判然としない。彼が明治政府に反旗を翻した際、旗印に掲げた「新政厚徳」の中身がどういうものであったか皆目わからない。どうして西郷が尊崇を今なお集めているのかは、県外の人間にはよくわからないところがある。

同時代の世評を聞く限り、器の大きい人物だったのだろう。そういう人の魅力に惹かれて死を厭わなかった人がたくさんいたことはわかる。中津藩の義勇隊を率いていた増田宋太郎は「一日先生に接すれば一日の愛を生ず、三日先生に接すれば三日の愛を生ず。親愛日に加わり、去るべくもあらず、今は善も悪も死生を共にせんのみ」と言い、他の隊士には故郷に戻るよう諭したものの、自身は城山の攻防までつき従い、戦死した。

漢と書いて「オトコ」と読むのだが、漢という表記が登場する物語の筋立ては、大抵は男が男に惚れる世界観を持っていて、そこから「俠」を連想する人もいるだろう。あながち間違っていいない。

惚れるとは、利害損得を、この世の秩序を超えてもなお守るべき紐帯があると確信させる、無批判の状態に誘う。まさに増田宋太郎のように、「善も悪も」問わなくなってしまう。女が女に惚れたとして、連帯はあり得ても、果たしてこのようなエクスタシーをもたらすだろうか。

男同士の結びつきをホモソーシャルというが、自分たちの群の信じる価値観を守るために女性や同性愛者に排他的になってしまう意味合いで使われることがほとんどだ。けれども、同性愛に関して言えば、前近代までは衆道は認知されていたことだし、特に薩摩では盛んだったと聞く。また全国の若衆宿で性の手ほどきをするのは年上の男性だった場合もあると耳にする。男同士の結びつきが性愛を排除したのは、最近のことかもしれない。

しかしながら、男色を含めてのホモソーシャルであっても、女性に排他的であったのは変わりなかったろう。「排他的」という語を使ってしまうと、是非を問う話になって、それ以上の展開がなくなるように感じてしまう。なので閉鎖的という言葉に替えてみるのはどうだろうか。

男尊女卑という言葉が生まれたことで、女性たちは「社会における自身の扱われ方は不当だ」と明言していいのだと確信を得たろう。「当時あったのは差別ではなく、男女の住み分けであり、それを現代の視点で差別と一括りにするのはおかしい」とする反論も当然ながらある。

けれども、いつの時代も誰もが常識と思っていることに染まらず、それに不当さを感じる女性もいたであろうと思えば、多くが気づかなかっただけでやはり差別はあったのだろうと思いはする。と同時に、それを男女の住み分けだと捉える感性が当たり前にあったとすれば、何がその感じ方をもたらしたのだろう。

そこで想像してみる。かつて男性というものは互いの肌が擦り合うような性愛を含む親密さを必要とし、閉じた空間での同調性の中でしか自分たちの力の発揮どころを知らなかったのではないか？　擦り合いが媚びに転化することもあるだろうし、そうなるとボスに対する卑屈さが男社会を生きるための作法になってしまうだろう。馴れ合いに変じてしまう前の同調性に注目したい。あからさまに服従を要請する権力者の前身には、そうした支配とは様相をまるで異にする酋長という存在がいたのではないかと思うからだ。

酋長は富や名声を独占せず、気前がいい。

酋長は国家を形成するような拡張の考えを持たない。

酋長は命令ではなく、皆の言い分を聞き、それぞれが暮らしやすくなるための助言をする。

酋長は成文化された文書に基づいた法ではなく、その時にふさわしい秩序をもたらす言葉を口にする。

男女を住み分ける感性があったとして、その時の男たちの閉鎖性に対して、女たちの振る舞いの特徴は何だったろう。私にはわからない。ただ、性が今ほど概念的ではなく、それぞれが自身にできることに注目していただけで、特に男あるいは女らしくしようともしなかった世であった時、酋長のいる社会では性別はただの違いであり、互いの特徴の違いに相補的でありえたかもしれないと夢想する。それを家父長制の始まりと一括して言ってしまっては、男であり女であり人であることの可能性を低く見積もるような気がする。

酋長が存在しえる規模は以心伝心が可能な部族くらいの範囲ではないか。アマゾンの奥地に暮らす少数民族ピダハンは集団の成員が一五〇人を超えると、自然と分かれるようだ。言語学者によると、一五〇人規模の集団では抽象的な言語を必要とせず、言語以外の表情や身振りで十分伝わるのだという。

鹿児島での三か月間、私はしょうぶ学園で暮らした。

今は新たな施設も増え、利用者も職員も増えたが、当時は日中に園内で活動する人はだいたい一五〇人くらいであった。しょうぶ学園では、私は職員の仕事の手伝いをしていた。そこで部族という言葉をよく思った。現代文明のもとで暮らしているから、職員同士の仕事の申し合わせはきちんと言葉や書類なりで確認しあっている。けれど、日中の彼らの動きを見ていると、その連携はいちいち電話やメールだけで確認してのことではなく、相手の動きを目の端で追い、流れの中で行っているところも大いにあった、と私の目からは見えた。

また利用者について言えば、特に重度の自閉症の人は言葉による意思の確認が難しいので、職員とのコミュニケーションにおいては言葉以外のその人の普段の行動や今の表情、身振り手振りのほうが重要になって来る局面も多い。当然ながら誤解も生まれるから、理解されないと思えば感情的に爆発したりする人もいる。

ひとりの女性が爆発し、園庭に出てきた。そこにふらりと福森さんがやって来た。あるいは、ふらりとやって来た態を装っていたのかもしれない。「元気ないね。どうしたの？」と声をかける。「君は元気だね」とそばにいた男性に言うと、彼は嬉しそうにして福森さんに話しかける。でも、彼女は表情を変えない。無愛想な態度に見える。現代的なコミュニケーションの感覚では、男性のような反応が望ましいと思ってしまう。なぜかと言えば、声をかけた側にとっては、かけるだけの理由と想定があるからだ。うまくコミュニケーションが取れるほうがいいという期待があれば、「嬉しい顔をした」といった実感が得られることが良い。

でも、福森さんはそこであからさまな反応がなかったとしても、『反応の薄い』反応があった」と理解しているように思えた。彼女が怒るに至った因果関係については、後で分析するにしても、この場においては、彼女の気が休まるような、落ち着けるような声かけになりさえすればいいといった、寄り添う姿に感じた。私はそうした振る舞いに決して人を支配しない、酋長の面影を見るのだった。

永遠の今を生きる人たち

しょうぶ学園で過ごした三か月で私のしたことは、職員の仕事のほんの手伝いに過ぎず、毎日ただ足手まといにならないように動くだけで精一杯だった。勝手がわからないため、仕事をするというよりは右往左往していたというのが実状だ。

朝起きて朝礼に参加した後は園庭でラジオ体操を利用者や職員と一緒に行う。それからは園内のテキスタイルや陶芸、和紙、木工、クラフトといった作業所を週ごとに移り、職員の指示に従い利用者の支援をすることになった。だが、日中の活動について言えば、支援しなくてはいけない場面はほとんどなかった。というのは、利用者の人たちは思い思いに自分のやりたいことをやっていたからだ。

学園のものづくりは正解に向かわない。テキスタイルの工房では真っ直ぐに縫ったりする必要はなく、服やカバン作りを目指しているわけでもない。学園内のショップで販売されているものの中にブローチがある。これは丸めた布に色とりどりの糸が幾重にも巻き絡まり塊になったものだ。ブローチとして作られたわけではない。

ひたすら縫い続ける人に「これは何？」と尋ねると「ネコ！」と答える。ネコのぬいぐるみを作っているわけでもない。その塊はおよそネコには見えない。

ところでネコというネコは存在しない。ある種の四つ足の生き物を私たちは便宜的にネコと呼ぶが、それはイヌとは違う何物かとしてネコと呼ぶだけだ。名前とは「それそのもの」ではなく、「それそのものではない」ことを示すためにつけられたものだ。

ネコを作る利用者の女性は「お兄さん、わからないことがあれば聞くんだよ」と私を励ます。「ありがとうございます」と返事する。毎日工房に通っていると、ネコというネコはいないのだから、布に糸を巻きつけたものをネコと呼ぶことは可能な気がしてくる。

彼女は、ネコのようなものを作っているわけではなく、ネコを作っている。職員は「かわいいね」とか「いっぱいできたね」と話すことはあっても「それはネコじゃないよ」とか「もっとネコらしく耳をつけましょう」などとは決して言わない。

玉留めもせずに刺繍を続けている人がいる。糸を針先で毛羽立たせながら縫い続ける。彼は擬音語と鼻歌が混じり合った独り言のような、音楽でもあるような調べを作業中はずっと奏でている。

シャツに刺繍を施す人は二年経っても縫い続けており、白いシャツは引きつれて、黄ばんでいる。彼女や彼らはネコやシャツなどを作っているわけではない。そうであれば、私にも支援のやりようもある。ネコらしく作りましょう。玉留めをしましょうと、自分は満足に刺繍もできなくても、技術を高め、正解に向かわせようとするだろう。

彼女らは目的も正解も努力もなく、ただ刺繍をしている。ひょっとしたら刺繍という装飾を施す発想もないかもしれない。ただ縫っているだけ。ただ縫うという行為の結果が私には作品に見えてしまう。

作品を作ることを目指しているわけでもないとしたら？　と思い始めると、次に「そもそも彼らは『作業所で働いている』と思っているだろうか」という疑問が湧く。労働について理解しているのだろうか。

健常者は働いて得た給与で衣食住に必要なものを買う。そうして過ごすことが生活であり人生だと思っている。障害の程度が軽い人は契約した上で賃労働をしている。その内容は規格品を作ったり、膳を運んだり注文を取ったりといったものだ。しかし、重度の人はマニュアルに定められた、標準化された行いが不得手だ。

将来を見越し、予定を立て、働く。そのためには嫌なこともするし、反省して明日こそはと向上を願ったりする。彼らはそうした私たちが普通にしているような労働ができない。目的を持たない行為の連続があるだけで、「何かのため」がない。

何かができるようになることで社会を滑らかに生きていけると、健常者は信じて疑わない。そのための教育を受けてきた。能力を少しでも向上させていくことを常識とする人が社会の多数派であれば、「共生社会」は何を意味するだろう。共生するには足りないところを支援しようとすれば、障害者に能力の高まりを要求することになる。いずれは健常者と同等まではいかなくとも、労働することが望ましいと考えもするだろう。働いて金銭を得て、快適な生活を送る。その取引が幸福をもたらすという考えから抜本的に脱け出すことは私には難しい。

夕食後、利用者の人たちは自販機で好きな飲み物を買うために硬貨を渡される。私の見た限り、いちばん人気があったのはとても甘い缶コーヒーだった。硬貨を事前に渡されていないと不満で爆発する人もいる。それくらい大事な食後のひと時なのだ。一気に飲み干す人もいるのだが、その景色を見ていると、彼らにとって硬貨とは缶コーヒーとの引換に必要なものであって、私たちのように金銭そのものを得る発想がなさそうだった。それは目先の利益に気を取られ、これから先のことに考えが及ばないという、健常者からすれば彼らの弱点が露呈した瞬間でもある。

だが、彼らの振る舞いに照らし出されるのは、今を蔑ろにしてまだ訪れてもいない未来のことにかまけ、それに向かって努力することを良しとする私たちの習わしだ。それはひどく生彩を欠いた、生命力のない暮らしを自身に押しつけているとも言える。どちらが良いとか悪いではないと、差し当たり結論づけると、ではなぜ、私たちの信じる「良い」に彼らが達するように訓練させることが共生になるのだろう。

そのような疑問が浮かぶと、改めて私は何を支援すれば良いのかわからなくなる。ひとりでは食事を取れない人を介添し、スプーンにすくったおかずを口元まで運ぶ。入浴では利用者の人たちの着替えの見守りや髪の毛をドライヤーで乾かし、風呂場を掃除した。具体的で短期的な目標がある場合はまだしも、いちばん困ったのは作業所で働くことができない人たちの日中の活動の対応だった。

ストローを咥え続けている人。紐のついたボールをくるくると回し続ける人。ニコニコとした表情ながら落ち着きなく動く人。意思の疎通がはかりにくい人たちのやりたいこと、向かいたい先がまるで見えない。こちらからは意味のない行為に見えてしまい、声をかけようにも取っ掛かりがない。各工房で出会った、目的を持たない行為の美しさに触れて衝撃を受けた目からは縫うにも削るにも描くにも行きつかない、無意味に見えてしまう行為の断片が雑多に散らばったように私には映る。美しさと程遠いと思えてならなかった。これが生産性を求める、差別の始まりかもしれないと内心では冷や冷やしながらも、工房にいる利用者と比べてしまい、目的のない行為の理解のできなさに苦しさを感じたのは否定できない。

あなたは何をしたいのですか？　と彼や彼女らに言葉で問うことは無意味だ。私は私に向けて「何がしたいのか？」と問うてみると意味のあることが返ってくるだろう。本を書きたい。食事がしたいといったようなことが。

だが、「本当に何がしたいのか？」と重ねて問うと途端に怪しくなる。「本を書こう」とは思っても、それは「本を書きたい」と隔たっている。食べたいと思っても心底食べたいと欲しているだろうか。本を書こうとするのは原稿を書いて、金銭や評価を得て社会で生きていくためであって、「書きたい」がないわけではないが、「書きたい」そのものではない。

食べたいにしても一二時になったから食べたくはなっても、腹の底から欲しているわけではなく、ルーティンのような欲求の満たし方だ。

あなたは何がしたいのか？　と自問していくと、私は何がしたいのか？　と問いに対して問いで答える自分が現れる。奇声を時々発してはウロウロする人。ボールを回し続ける人。自分の着ている服を脱ぐことに全力を注ぐ人。それらすべては、くるくる回るボールがどこにも行きつかないように、いたずらに時間を費やす、目的のない非生産的な行為に感じられていた。

　だが、自分がどれくらい目的を持っており、また生産的かと言えば、社会の常識からはみ出さない、程々の目的に沿った「したいこと」をしているだけだ。一方、彼らは社会と合わせる気が初めからないようだ。それは目的のない行為を徹底しているとは言えないだろうか。

　そうなのですか？　と彼らに問うても返事はもらえない。確認はできない。同じことを続けるという反復に見える行為も彼らには同じことを繰り返しているのではなく、今の連続の中に反復があるだけなのかもしれない。飽きることなく続けられるとしたら、彼らは常に今に居続けていることになる。

「永遠の今」と哲学が思索の果てに抽出しても、体現はできない。それを彼らは思索抜きに行為の中で表している。ひょっとしたら、行為全体で思索しているかもしれない。その時の思索は健常者の言うところのそれとはあまりに違い過ぎて思索とは思われないだろう。だから私にはそれらの行いが無意味に見えてしまう。どれだけ物事を饒舌に語ろうとも、ついには「それは〜である」といった文に収めてしまう行為でしか、私たちは行いについて評価できないし、安心できないからではないか。ごく短く刻まれた時間の幅の中で理解できる意味しか、私たちは価値を置けない。永遠の今を単に無目的としてしか捉えられない。

　永遠の今に生きている人たちに私が業務としてすることと言えば、「そろそろ終わりの時間ですから、片づけましょう」と世俗の時間の流れに彼らを引き戻すことでしかなかった。それは時の移ろいの中にいる彼らに時間の区切りをもたらすことであった。

生きていくことにまつわる、しなくてはいけないこと。食事をとり、体を清潔に保ち、衣服で体温を調節するといったことに支えが必要な人に対して、私ができることはあったと思う。

だが、私が彼らの行いに一瞬、退屈さを覚えたように、決まった時間に食事をとり、入浴をするといったことは、彼らには意味のないことに見えるのかもしれない。そうなのですか？と尋ねても彼や彼女は決して答えはしないだろう。

第六章 宮古島編

宮古島、二〇一五年

あらかじめ空港への到着時刻は伝えてあったが、迎えの車は見当たらない。しばらく待てば来るだろうと思ったものの、いっこうに車は姿を見せない。教習所に電話をかけた。「本日から合宿免許でお世話になるものですが」と述べると、電話に出た女性が「今から迎えに行きますね」と答えた。

予定通りに物事が運ばないとイラッとしがちな質ではあるが、その時の彼女の「行きますね」の言葉の抑揚に苛立ちで向かっても仕方ない気がしてしまった。

しばらくしてワゴン車がやって来た。運転していた二〇代後半くらいの男性の濃い顔立ちに沖縄本島とはまた違う趣を感じた。車に乗り込んで窓を開ける。道路の脇にサトウキビ畑が広がっており、車窓から流れ込む空気は数時間前までいた大阪よりねっとりとしていた。さっきまでオレンジ色だった夕日も暗さをたたえ始めており、初めての島の夜を迎えようとしていた。

一九歳で自動車の免許を取ったものの、二年後にスピード違反で免許取り消しとなった。以来、二四年間免許のないまま暮らしていたが、東京や福岡で暮らす分には何の不自由も感じなかった。ただ、いつまで福岡に住むかわからないし、運転の実技はともかく筆記試験となると年を取るにつれて物覚えが悪くなるのであれば、今の内に免許を取るべきだろう。近場の教習所へ通うのはおもしろくないから、いっそ沖縄のどこかで合宿で取ろうと思い立った。そこで選んだのが宮古島だった。本島は何度か仕事で訪れたが、宮古島に関する知識はまるでなく、せいぜい「雪塩」くらいのものだった。

ちょっとしたバカンス気分でやって来たものの、もとが温室育ちなもので、共同生活などしたことがない。個室をあてがわれると確認しての宮古島行きだったわけだ。教習所へ着き、運転していた職員の男性が「あれです」と敷地内の寮を指差すとそこにはコンクリートの塊といった建物があった。「抜かった」とほぞを嚙んだのは、ワンルームマンションをイメージしていたものの、トイレも風呂もキッチンも共同だったからだ。

寮に足を踏み入れた途端、東京に初めて来た頃、物件探しで東武東上線沿線の安アパートを内見した際のブルーになった気分を思い出した。床でひからびたヤモリの死骸を踏んづけると、もう帰りたくなった。

同居人は私を含めて五人いるらしいが姿は見当たらない。その日の夕飯は地元の食堂でとろうと思ったが、ガラス張りなのに中が目隠しで見えない店の構えを見て入る意気地を失い、チェーンのハンバーガーショップで済まして早く寝た。

翌朝から第一段階の実技が始まった。指導員の男性は「乗りましょうね」と言い、それを合図に運転席へ乗り込み、バックミラーを調整する。以前の教習所に通った記憶では確か初日は半クラッチでの前進や車幅の感覚を摑む内容だったかなと思っていると、指導員はまず場内を走るように言った。何周かすると「はい、坂道発進」「はい、S字クランク」と指示するのだった。二四年ぶりの車の運転ではあったけれど、かろうじてこなすことができた。指導員は「よくできた」だとか「もう少し丁寧に」とも言わず黙ったままだ。ひょっとしたら彼は私が以前免許を持っていたと知っているのだろうか。それにしては何も言わないのを不思議に感じていた。

夜になり、いつのまにか寮内に姿を現した東京と長野から来た同居人たちに今朝の顚末についで話してみた。長野から来たフクダさんは「ここに来たのは間違いだったかもしれませんよ。だって全然教えてくれないんです。それに教える人によってやり方が違うんですよ！」と堰を切ったように話し出した。

彼らは一週間ほど前から教習を受けており、色々と不平を抱えているようだった。フクダさんはマニュアル志望だったが、あまり技能が向上せず、中途からオートマ限定を勧められていた。けれども、頑なに拒んでいるようだ。ふたりとも技能向上に欠かせない指導が的確ではないと感じていた。自分にあったサービスが行われていないというわけだ。

本当かどうかわからないが、聞いた話では「宮古島では子供の頃から農作業の手伝いで車に乗っている。私道であれば免許がいらないから運転には慣れている」というもので、だから乗れない人の気持ちがわからない。フクダさんは「何で運転できないかね」と言われたそうだ。それは気の毒ではあるし、ふたりの憤懣は顧客満足を目指すサービスのあり方からすれば当然かもしれないが、いつでもどこでも同じようなシステムで世の中が動いているわけではない。あらゆるところに厄除の石敢當《いしがんとう》を目にし、教習所を覆うあまりに碧《あお》い空の色と潮の香りを含んだ風を感じるにつけ、今時の常識をここに持ち込むといった、システマティックな発想が果たして妥当だろうかと思いつつ話を聞いていた。

確かに初日で坂道発進やS字クランクをするように言われて面食らったけれど、そのことに不満を覚えたわけではなかった。私に運転経験があったためこなせたからそう思うのではなく、「それはそれ」として受け止める以外にしょうがないと思ったからだ。内地での経験を持ち出して比較してもあまり意味がない。

翌日に改めてそう思った出来事が起きた。講習が終わって「明日は何時からですか？」と聞くと「一〇時から技能教習、やりましょうね」と初日に空港に迎えに来た指導員が答えてくれた。翌朝、事務所の待合室へ入ろうとしたらドアが開かない。定刻を過ぎても職員は誰も来ない。どうやら暦通りゴールデンウイークは休むようだ。

私は「明日」の予定を聞いたけれど、担当の指導員は「次回」のつもりで答えたようだ。そもそもゴールデンウイークは休みだと聞いてなかった。おかげでそれから四日間は毎日、教習所の自転車を漕いでは砂山ビーチ、与那覇前浜ビーチへと通い、初めて目にした凄まじく美しいエメラルドグリーンの波と戯れた。肌が久方ぶりに赤く灼けた。自転車のカゴに入れたスマートフォンから流れる「君は天然色」が濃く碧い空と白い雲にぴったりで、「聞いていない」とか「説明がなかった」と詰るような気持ちがまるで湧かない。人間の時間のことなど、どうでもよくなってくる。

そうした心持ちで寮に戻ると、ベニヤの合板の壁やアルミサッシで仕切られた空間に居心地の悪さを感じても、それなりに慣れた風景として目に映る。やがて夜目も利くようになったのか。宮古島の夜は暗いが、空は明るいと気づくようになった。そのうち初日の指導員も無愛想なわけではなく、教習の間はあまり喋らないだけのことと知った。彼は後日「あら、あんた免許取っていたの？」と尋ねてきた。やはり初日の指導は私がかつて免許を持っていたと知っての指示ではなかった。

自動車学校ではカリキュラムは全国一律に定まっているし、この学校にしても特殊な運転方法を教えているわけでもない。けれど、指導員それぞれの人柄が際立っていたのは間違いない。

それに教習所そのものにも色があって、週末になると受付のカウンターに教習所内で揚げたのだろうか。けっこうな量の魚のてんぷらがでんと置かれる。最初はどういうこと？　と思っていたらおやつだった。

運転の指導や山盛りの魚のてんぷら、終了時間になると一斉に職員が帰宅するとか、いろいろとそういう現物をもって「内地とは違う」と知らされる度に、内地の暮らしのあり方と同じような対応を望むならわざわざ宮古島に来る必要もなかったろうとしか感じなくなる。

一〇日も過ぎると、あれこれと比較するのは違うんじゃないかと思うことが増えてきた。最初は出会う人たちの顔が沖縄本島とも違って「とにかく濃い」という印象についてだった。ある日「宮古島の人が濃いのではなく、自分の顔が薄いのだ。ここでは私がマイノリティだ」と気づいた。比較する軸をずっと同じところに置いていても仕方ないのだと、環境それ自体に知らされた。あれかこれではなく、あれとこれとを成り立たせているものを無効にされるような気分に浸食されていく。

宮古島では日本名の「ナカムラ」か、韓国名の「ユン」で呼ばれていた。同じ指導員であっても日によって私を「ナカムラさん」と呼ぶかと思えば、また別の日には「ユンさん」と話しかけてきた。

内地ではどちらの名を呼ばれても、「誰がどのような意図でそう呼ぶのか」といった、言葉になりきらない問いが感覚として身の内を走る。この社会における私たちの位置づけを体がわかっているからこその緊張感なのだろう。

だが、日本語の抑揚が内地とは違うせいなのか。同じ人物が私について異なる名を呼びながら、その本人はまるでそのことについて気にかけていない様子を見ると、もはやナカムラでもユンでもなく、いっそナユンムラでもいいかと思ってしまう。仲村渠《ナカンダカリ》があれば仲尹邑《ナユンムラ》とかありそうな名ではないか。そんなふうに思っていると、自分の使う言葉にも潮風が入り込んでいくような気分になり、内地という都鄙の高低差を含んだ語が融けそうな気配がしてくる。

あちらが内でこちらが外ではなく、あちらは「ヤマト」でここはミャーク。私の生まれ育った土地をヤマトと呼ぶと、顧客優先とか常識、マナー、期待とかすべてはヤマトの文化であって、こちらとは異なる時間の流れで作られたものだと体感される。

指導員のひとりが教習中に、「宮古では朝鮮と繋がりがあって隠れて貿易もしていたさ」と教えてくれた。琉球王府と朝鮮とは密な関係があったとは知っていたが、隠れての貿易とは薩摩に支配された後、琉球在番奉行の目を盗んでのことなのか。それとも戦後、アメリカの軍政下でのことなのか。雑談のひとつとして受け流したから確認しなかったのではなく、どちらでもいい気がしたから聞かなかった。聞く気にならなかったのだ。

いずれであっても茫漠と広がる海に高速道路のようなルートが走っており、それに乗って通った人たちがヤマトを経由せずにいたのだ。

視界を遮るものが何もない海原は私には恐ろしく見える。海に漕ぎ出す時、彼らは何か祈願したのだろうか。宮古島には巫祝の文化がまだ残っているらしい。講習で指導員は「警察も何かあった時は普通にお祓いしてもらうんだ」と話していた。

ミャークとヤマト

島の朝に吹く海風は実に爽やかで気分がいい。心地よさにひかれるままに散歩していて見つけたのは、住宅街にあるカフェで、毎朝濃くて美味しいコーヒーを飲みつつ、エーリッヒ・ケストナーの『ケストナーの終戦日記』を読むのがしばらくの習慣となった。ナチに執筆禁止、出版物の焚書措置を受けたケストナーが第三帝国の陥落にいたる日々を綴っている。もう一冊携えてきた清沢洌《きよし》『暗黒日記』もそうだが、この手の日記は当然ながら常に渋い不機嫌な顔つきなので、宮古島の空気にまるで合わない。

けれども、こんなにも爽やかな空が望めたであろう七〇年前、沖縄本島では捨て石にされた部隊の出血を強いる消耗戦が行われていた。

教習所の敷地内にある寮のリビングにはテレビが置いてある。福岡の自宅にはテレビがなく、久しぶりに見た東京のキー局が放送する番組では関西弁を話すタレントがたくさん登場しており、加えて「日本の良さを発見」といったテーマも多かった。

取り上げられる美点は現在ではなく、伝統だとか過去を持ち上げてのことで、そうなると、つい思い出すのは毎日の学科教習で見るビデオに登場する車のことだ。かつてジャパン・アズ・ナンバーワンと言われた一九八〇年代から九〇年初頭の、安価で壊れにくく燃費の良い車が映像には多く登場する。今やダウンサイジングはヨーロッパが先行しており、燃費の良さはもはや日本車に限らない。

古き良きと言いたがる人たちの、振り返りのポイントはわりとこの辺りの時代だと見当をつけている。それにしても、あの時代のドラマやアニメを見ると、小物や背景ひとつとってもただならぬ多幸感と躁状態にも似たはしゃぎようと物憂さないまぜの感じがあるなと思う。

番組では芸人がのべつ幕なしに関西弁でしゃべり、何やら騒いでいる。彼らが話す度に、腹話術師の唇の動きと発話をずらしてみせるような感覚を覚え、おもしろさではなく「おもしろいことを言おうとしている人たち」といった隔たりを感じて見ている自分がいた。

言葉も風土もまるで違うここ宮古島でテレビを見ると、以前は笑っていたはずの彼らの身振りが異国めいたものに感じられてしまってならない。そうしてぼんやりと眺めていると行き当たるのは、私たちがこうしたテレビをはじめ情報媒体を通じて「日本」として観念しているものは、東京から関西までの間の出来事を日本っぽさとして確認しあっているだけではないか、といったことだ。

チャンネルを沖縄のローカル番組のニュースに変える。特集として、子供たちが琉球舞踊を平和記念堂で奉納する模様が数分くらい取り上げられていた。踊っていた少女のひとりが「平和の大切さを伝えていきたい」と話していた。沖縄でも戦争について関心を持たない世代が増えていると聞く。七〇年も経てばそうなって当然ではあるだろう。「平和の大切さ」が持つ重みはどれほどのものであり、その言葉の手触りはどういうものだろうかと思案する。

キー局の情報バラエティと称する番組では、白昼堂々と「反日か否か」を嬉々として話題にするタレントたちがいる。にわかに政治めいた政治について語るようになった芸人がいる。このような時節であれば、子供たちが口にする「平和の大切さ」にはリアリティがなく、したがって「言わされている」とか偏向教育の結果だとか、大の大人が言いかねない世相ではある。

沖縄戦では県民六〇万のうち約一二万が犠牲になった。五人にひとりという途方もない数の死。身近ではなくとも名前を聞けば、「ああ、あの人ね」と言えるくらいの間柄の人たちが忽然と姿を消したのだと想像される。

敵に見つかるからと泣き止まない我が子を親が絞め殺す。強いられて集団で死ぬ。撃たれ刺され爆ぜて燃え、追い立てられ、スパイと言われ、飢えて膿んで臓物脳漿を泥地に撒き散らして死んだ。耳をつんざく砲弾の吹き荒れる嵐の中に響く絶叫と声にならない叫びと痛みが染み込んだ記憶はまだ乾ききってはいない。ＰＴＳＤという語もまだ行き渡っていなかった時代。思い返すとズブズブと沼に沈んでいくような、身がもがれるような痛みは決して鬱散することがないままであれば、復興とはじくじくと痛む体で生きてきたことに他ならないだろう。

痛苦の記憶を紡いでいく。過去を知る。それが新たな戦争を防ぐ手立てになるかもしれない。だが時が経つほどに証言をすること、そして、それを聞くことのどちらも難しくなってくる。

語り手にとってもすっかり滑らかになった悲惨な話もあるからだ。ストーリーがうまく語られ出すと、やがて語られるべき緊迫感が摩滅していく。どれだけ切実な体験であっても繰り返し語る間に、語ってしまえるストーリーになってしまう。

聞く側も「繰り返してはならない」といった過去の客観的な出来事として捉えてしまえば、自身の内にある暴力性と照らし合わせて聞くことがない。だからこそ耳目をそばだてる必要がある。それは平和が大事だと「言わされている」という指摘が的を射た批判になりえると思っている感性とは別のところで琢磨しなくてはいけない。

語りの原点は身を震わせるほか語りようのない体験をしたということだった。地を叩き、涙にくれるほか表しようがない。身悶えし、かき口説くほか示せないことがこの世にはある。

沖縄のメディアには「辺野古」「阻止」といった見出しが踊り、普通に「戦世《いくさゆ》」という表現が出てくる。沖縄では当たり前でも、ヤマトから来た人間には、ここには均すことのできない記憶があるのだと強く感じさせられる。感じざるをえない。そう思いながらも、ある日気がついた。宮古島の人の口から「ウチナー」あるいは「オキナワ」という語を耳にしたことがほとんどないことに。

「内地から来たのか？」と言いはするものの、そこでの内地はウチナーに対比したヤマトではなく、ただヤマトからミャークへ来たのか？　を表している、そんなニュアンスを感じる。沖縄という括りに入りきらないものとしての宮古島があるといった構えを感じる。

本土から沖縄に移り住んだ複数の人の話によれば、本島では那覇が中心であり北部、南部への軽侮の念があり、そして本島全体としては、宮古島をはじめとした「離島」に対する差別意識があるのだそうだ。琉球王府は島々を征服した。また中国の冊封《さくほう》を受けていた王府は、小中華として支配領域に華夷の秩序を敷いた。それはそのまま薩摩の支配下において、宮古島や八重山に過酷な税を強いる政策として反映された。「離島」に住む人には長らく培われた生活実感として差別を感じるところがあるのだろう。

教習所の待合室に置かれたテレビは、沖縄ローカルのニュースを流しており、番組では内地と違って辺野古の問題をきちんと取り上げていた。それを見ている宮古島の人たちは特にリアクションしていない、少しばかり冷ややかな視線であることに気づいた。沖縄のヤマトに対するわだかまりと一括りにできない、宮古島に溜まる、まだ乾ききっていない歴史の滞りをふと感じた。

路上教習で来間島《くりまじま》に架けられた橋を渡った。眼下には美しい海が広がっており、橋を行き来するだけで気分が上がる。指導員が不意に「あそこがそうだ」と指差した一帯は、自衛隊のミサイル部隊が新たに配備される予定地だ。牧草地で草のほかには目ぼしいものはなにもない。宮古島では反対の声もあるが、本島ほどの忌避感はなさそうな印象を受けた。

ミサイルと草のただ生える土地の広がりは妙な取り合わせに見えた。こんなにも穏やかな宮古島にもかつてアメリカ軍の爆撃が行われた。ただひたすら碧い海と空を見ていると、戦争やミサイルがありえないような絵空事に感じる。

でも、ただ阿呆のように見ていても飽きないひたすらな美しさは、千万言費やすよりも絵空事のほうが現実なのだと感じさせる。爆撃は起きたし、ミサイルは配備されるかもしれない。けれども、それは何をしようとも人間どもの小賢しさにしかならないような、虚しく思える圧倒的な碧さ。テレビではフィリピン沖の台風が間もなく沖縄をかすめ、そのあとは梅雨入りだと伝えていた。

淫蕩

教習が終わると気忙しげに職員らは家へと向かい始め、クモの子をちらすとはまさにこういうことかと、瞬く間に全員の姿が見えなくなった。今夜は台風が島を横切るという。

私も早めに食事を済ませると自室に籠り、ベッドに寝転んで本を読もうとするが、コンクリート越しにも感じる気圧のせいか集中できない。やがてひょうひょうと軽い調子の風切り音が次第に荒れた声を響かせ始めた。雨音はさほど聞こえないが、無数の犬が寮を取り囲んでいるような、不気味な唸りが辺りを包み始める。

あまり聞いたことのない風音にいったい外はどういう様子か体感してみようと、玄関を出て教習所のコースまで出てみた。だだっ広いコースに歩み出て驚いた。風がどこから吹いているかまるでわからない。吹きつける風に向かい、足を踏ん張るといったことが叶わない。風は横から斜め、足元から背後から、あらゆるところからやたらめたらと吹きつけて来る。渦を巻くようにして吹き荒れる風が体全体を覆い、雨まじりの湿った空気の粘りもあいまって息を吸うも吐くも容易にさせない圧しようで、これはたまらないとすぐに寮へと引き返した。地上のすべてを薙ぐような風の猛りに肌が粟立った。

夜半には雨戸を閉め切ったにもかかわらず、窓の隙間から潮の匂いをふんだんに含んだ雨水が滲み入って来た。地から吹き上げる風が唸りを立て寮を脅した。ごうごうと鳴る風は翌日も続くのかもしれないと思っている間にことりと寝入ってしまった。

あれほど猛った風はあっけなく去った。できたての朝、カフェへ向かう私を小学生の女の子がちらっと見るや「おはようございます！」と声をかけてきた。花の名前に疎いが道の脇に赤い花が咲いていた。

路上教習の際、指導員に「昨日の台風は凄かったですね」と話しかけると、「何が？」と言いたげな怪訝な顔をされた。「あんなすごい風を経験したのは初めてです」と続けると、あ、そういうことねといった表情で「普通だよ」と返された。

「普通ですか？」

「昔、すごい台風があって、その時は車も飛ぶし、島中の電柱が倒れたさ。ずっと停電よ。復旧に半年かかったよ」

ハンドルを握りながら、すれ違う車が空中を舞う姿を思い浮かべた。以前は映画で見たような空想として捉えたかもしれないが、昨夜のあの暴風を肌で感じた身としては、さもありなんとしか思えない。

それにしても島中の電柱が倒れ、電気の復旧に半年かかったというが、その間、どうやって暮らしていたのだろう。いや、どうやってもなくて、その頃には電気がない時代に暮らしていた世代もまだ生きていたろうから、ないなりに間に合わせる術を心得ていたのだろう。

というより、さっきから私は指導員の話をそのまま受け止めているだけで、「昔とは具体的に何年に起きたことだろう」とか「島中の電柱が倒れたというけれど、全部というのはいくら何でも本当だろうか」「そんな猛烈な風とは秒速何メートルくらいあるんだろう」といった疑問がまるで湧かない。情報を調べて、証言と検証するだとか確認しようという気持ちがまったく起きない。昔はいつか？　といったところでは昔は昔であり、島中の電柱が倒れたことにしても、彼にしてもいちいち島を巡り確認したわけではないだろう。目の届く範囲の電柱すべてが倒れたし、実際停電が続いたのであれば、それはもう彼の生活世界の成り立ちを揺さぶったのだから、全部が倒れたと言っていい。

自然の及ぼす力が人間を圧倒する場合、私たちは「いつ・誰が・どのように」といった具合に物事を細かく確定していく作業にそれほど関心を払わないのかもしれない。「昔すごい風が吹き、島中の電柱をなぎ倒した」で十分なのかもしれない。

休みの日は宮古島の美しい浜へ行き、ひたすらぼうっと過ごしていた。目の前に渚はあっても、波が打ち寄せるごとに波と砂浜の境界線は変わる。その境は目で見てわかっても、一瞬にしてあちらとこちらを浸食、退潮してさっきまでの汀を置き去りにしてしまう。さっきと今は違うことを如実に示す自然が暮らしを縁取っている。時が流れていくことだけが確実な生活では、人の心持ちも自然に倣うだろう。過去に拘泥するよりは、後を引かないようにと心に働きかけるかもしれない。

他所からやって来た私はそこに清々しさを感じる。しかし、ツーリストの眼ではないところで、島に流れる時間を捉えるとどうなるだろう。ゆったりとした空気は確からしさのない虚しさを与えはしないだろうかとふと不安になる。

梅雨入りした宮古島では、連日激しい雨が降るようになった。朝ぼらけから夜の帳の下りるまでを雨は隙間なく敷き詰めてもう三日になる。

豪雨の降る中で、混み合って進まない車列の合間を傘もささず、襤褸を来た裸足の男がよろめきながら車道へと歩み出した。乱れた髪は雨を含み、顔を覆っている。男は私と教官の乗る車の二台ほど前の車道の脇を歩いていたが、不意に立ち止まると居並ぶ車の間で陽物を取り出し、立ち小便を始めた。車は進み、男の姿をバックミラー越しに認める。放尿を終えると男は白くけぶる車道の向こうへと立ち去った。尿は勢いよく雨水と共に流されていっただろう。ざわついた心持ちでハンドルをギュッと握る。エメラルド色の海の美しさは楽園を思わせるが、それは人間を必要としない美しさなのかもしれない。それだけで美しいものが溢れている世界には、人間の安住はありえないのではないか。

数日後、雨が止んで晴れ間が覗いた午後、見知らぬ若い男が寮にやって来た。石垣島から来たキンジョウ君は二二歳。先日、免許を取ったばかりだが、石垣島に帰って早々、交通違反をし、違反者講習のため宮古島へやって来た。彼についての噂は例のフクダさんから聞いていた。「彼は職員に贔屓されていた」とフクダさんは口にし、彼がここで行ったことを話してくれた。

キンジョウ君が寮生活を始めて早々、風呂場のシャワーヘッドが壊れた。職員に至急直してくれるよう頼んだが、対応してくれない。二日ほど経って、事務所へ行くと「金払って寮を利用しているのにどうして直さない。今すぐ直さないと教習所の車に火をつけるぞ」とおそらくは石垣島の言葉でまくし立てた。それを聞いていた校長はこう言った。「おい、今日飲みに行くぞ」。キンジョウ君と校長は意気投合したそうだ。

フクダさんはそのくだりを「わけがわからない成り行き」として私に話した。自分という存在を地位や名誉などの属性で語ることに慣れていると、彼のような振る舞いは野蛮にしか映らない。フクダさんには能書きを必要としない、いざとなれば実力を行使する迫力が校長に気に入られた顚末が理解できないのだろう。

キンジョウ君は一日の教習が終わると、寮にいた若い子たちを誘い、路上へ繰り出し、女の子に声をかけ、寮に連れて来ては毎夜酒盛りをし一晩を過ごした。それが連日続いたがためにに問題となった。フクダさん曰く、「怒られたのは僕だけ」でキンジョウ君はお咎めなしだったという。不公正かもしれない。けれども器量という物差しで測れば、当然の扱いではないかとも思う。ともあれ、そのキンジョウ君が帰って来た。

太陽と潮に鞣《なめ》された肌は艶やかで、ニコッと愛嬌のある笑みを浮かべる。初対面の印象は中上健次の『千年の愉楽』に出てきそうな、淫蕩な匂いをぷんぷんさせた色男だ。普段は土方仕事をしているという。だが、どうしたところで隠せないのは、カタギと極道との間を揺蕩う危なさだ。今時で言うと斎藤工だろうか。私の世代からすると「ゆれる」や「メゾン・ド・ヒミコ」に出演していた頃のオダギリジョーに匹敵する色気を漂わせている。

キンジョウ君は口を開ければ酒とセックスの話しかない。そのわだかまりのなさに私はむしろ感嘆してしまう。婀娜《あだ》な着物の裾を翻し、セレナーデのひとつも三線を爪弾き歌って欲しい。

彼に遅れて数日、石垣島から五〇歳ばかりの男性が入寮し、ある日「中身そば」をつくってくれた。中身とは豚の臓物のことで、これにヨモギをふんだんに入れて食べる。なかなかおいしいが、手間がかかるため、近頃では家庭ではなかなか作らなくなっているそうだ。沖縄は肥満率が高くなっており、長寿県のイメージとは裏腹で食のアメリカ化が進んでいる。

中身そばを啜る合間、キンジョウ君は地元の暮らしについて話した。ひょんなことから結婚についての話題になり、彼はこう切り出す。

「俺らの周りにいる石垣や宮古島の二〇歳前後の女の子は、だいたい子持ちでシングルマザーが多いです。べつに離婚もドロドロしたこともなく、〝はい、終わり。次〟って感じです。そういうもんですよ、男と女なんて。だから親にも〝面倒だから内地の女とはつき合うな〟って言われてます。権利とか言うからって」

彼の語る内容は、私が知っている「日本文化」や「伝統的な家族」とやらの顔つきとは違う面相をしていた。「それは野合でちゃんとした家族ではない」と言いたがる人もいるかもしれない。

彼はヤマトの文化や考え方を「粘着している」と感じているらしい。それは責任とか愛とか、いろんな考えを互いの間に持ち込んでは絆としがらみ、親密さと葛藤を両輪とした関係を築いていく。「はい、終わり。次」とはいかない粘りが文化であり、人の暮らしのあり方であり節度なのだと説いても、彼の前ではまったく意味をなさない気がした。

ひょっとしたら男と女の関係のあり方には、粘着していたらやっていけない背景が彼の住む島にはあるのかもしれない。島というよりは彼にあるのかもしれない。端正なキンジョウ君の横顔を見つつ、そんなふうに考えてみても、その憶測は弱々しく感じる。どうでもいいように感じてしまう。

それより何よりも説得力があるのは、こうして窓を開けると吹き込んでくる風は、いつもふんだんに潮を含んでいて、社会の決め事を逸脱させる方向に働きかけてしまうように鼻腔をくすぐることだ。

言葉でできたあらゆる事柄が風に洗われ、波にさらわれる。これまで巡ってきた土地で身につけた考えが溶け出し始める。その感覚に委ねると、どこへ運ばれていくのかわからない不安はあるが、自分が自分でなくなるという喪失に安堵を見出しもするのだった。

おわりに

宮古島を離れる数日前、教習所の校長と食事をした。ヤマトで泡盛を飲むと、そんなに杯を重ねられない。圧を舌に感じて喉を通りにくく感じる。なぜか沖縄に来るとすいすいと飲める。沖縄では宮古人は酒が強いことで知られているという。それもそのはずでオトーリと呼ばれ、杯をまわす作法がある。これをきちんと守れば酒に弱い順から潰れていくような飲み方だ。

「まず神様に献杯し、酒を飲むのがここの風習だ」といったことを校長はオトーリの説明にあたって言う。「といったこと」と記したのは、いったん教習所の外に出れば、標準語の抑揚に収めた話し方は大いに影を潜め、元々の話しぶりがそのまま口を吐いて出るからだ。彼から校長という体面が薄らぐにつれ、はっきりとした意味が掴み難くなり、言葉はそれよりも前にある音として私の耳に届き始める。酒が入った勢いもあって、彼はこちらの理解はお構いなしに喋り始める。地元では顔が知れているからか、店にいた他の酔客から声をかけられる。それに応じての掛け合いが私にはうまく聞き取れない。けれども言葉の調べは耳に心地よい。

店を梯子していたら、いつの間にか二四時をまわっていた。終始ご機嫌の校長を送ろうと店外に出ると雨が降っていた。誰かを待っているのか。女性ふたりが雨に濡れていたので、傘をさしかけると「お兄さん優しいね」「ありがとう」と輪唱のように言う。二人ともお酒が入っているようで、少し弾んだ声だ。

タクシーを止めて校長を見送ると「良かったら一杯呑みに行かない」と彼女らに言われ、そんなふうに誘われたことがないので、すぐそばのバーへ行くことにした。

聞けば、今日は金を出し合って相互扶助を行う「もあい」の集まりがあり、その帰りだそうだ。彼女たちの内のひとりは生まれも育ちも宮古島、もうひとりは結婚を期にヤマトからやって来た。それなりに飲んで来たのだろう。初対面でありながら身の上話が飛び出す。まだあどけなさの残る顔つきをした宮古島出身の女性が「自分の子供が可愛いと思えない」と口にする。

「疲れている時は可愛いなんて思えないよ。だから自分を責めることない」とか「そういう人も多いよ」といったことを言えば、慰めになると思う気持ちが私の中にはない。自分が聞きたくないことを打ち消したいがために気休めを言っているのではないか？　と疑ってしまう。それに聞いたことにすぐに言葉を返すのでは、相手の心情に無理に接木《つぎき》をするような、そぐわない軽率な行為だと感じてしまう。だから「そうなんですか」とだけ私は答えた。

それはかえって彼女の中で自身が口にした我が子への違和感についての苦味を生じさせたのか。「トイレに行く」と席を立ったきり、いくら待っても戻ってこない。「大丈夫ですかね」。残された女性にそう言うと、「あの子は帰ったよ。そういうところがあるんだよな」とビールを一口飲むと「生きていると色々あるからね」と言い、さっきまでと同じく愛想の良い笑顔をこちらに向けた。でも、それは私に微笑んだわけでもなさそうだった。

「生きていると」とは、人生一般を指しているのか。それとも「この島で生きる人生であれば」という意味なのか。店を一足先に去った、生まれも育ちも宮古島の彼女にそう問うても仕方がないだろう。

我が子は無条件に愛さなくてはいけない。なぜなら自分の子供であり、愛とは条件を設けないことだから。人に言われるまでもなく、きっと彼女もこの言葉を幾度も繰り返し唱えただろう。良き母であらねばならないという期待に応えられない自分を許せないとしたら、いくら海が美しかろうが、自然が豊かであろうとも息が詰まる。

海はどこへでもいける開かれた道でもある。しかし彼女にとっては海はどこにも出ることを許さない壁として立ちはだかっているのかも知れない。

宮古島を後にこれから帰るヤマトもまた海に囲まれた島であり、そこでも「閉塞感」がやたらと人々の口の端にのぼっている。島の規模は違っても打開できない時代閉塞の状況については多くの人に思い当たる節があるだろう。宮古島とヤマトを一挙につないでしまうのは飛躍なのかもしれないが。

けれども、この時代に生きていると「色々ある」どころかあり過ぎることが否応なく体感されてしまう。先行きの見えない息苦しさがもたらす不安の影は濃い。だがあまりに不安が強力な光源となっているため、本当はあるはずの物事の微細な差、歪みを一様にのっぺりとした不安一色の景色に変えてしまっている怖れもある。ここではないどこかへ行けば、息苦しい暮らしはなくなるかもしれない。どこかとは人によっては異郷であり、人によっては故郷になる。

果たしてそれがどちらであろうと、私たちが今ここで生きている事実は変わらない。今ここの不安と閉塞感を生き切り、息を継いで行くしかない。その中で不安や閉塞の名だけで語れない、私の物語を紡ぎ出すことができるのかもしれない。

著者について

尹雄大（ゆん・うんで）
一九七〇年神戸市生まれ。インタビュアー&ライター。政財界人やアスリート、アーティストなど約一〇〇〇人に取材し、その経験と様々な武術を稽古した体験をもとに身体論を展開している。主な著書に『やわらかな言葉と体のレッスン』（春秋社）、『体の知性を取り戻す』（講談社現代新書）、『増補新版 FLOW 韓氏意拳の哲学』（晶文社）、『脇道にそれる』（春秋社）、『モヤモヤの正体』（ミシマ社）など。

異《い》聞《ぶん》風《ふ》土《ど》記《き》 1975-2017

2020年
6月30日
初版

著者　尹雄大

発行者　株式会社　晶文社
〒101-0051 東京都千代田区神田神保町 1-11
電話 03・3518・4940（代表）／4942（編集）
http://www.shobunsha.co.jp

印刷・製本　株式会社 太平印刷社

ISBN 978-4-7949-7182-1　Printed in Japan